# 図書室

岸政彦

新潮社

目次

写真・題字／著者
装幀／新潮社装幀室

# 図書室

雨が降ってきた。洗濯物を取り込もうとして、小さなベランダに出た。古い団地のベランダの庇は浅くて、すぐに洗濯物が濡れてしまう。女のひとりぐらしにはそれほどたくさんの洗濯物もなく、数枚の肌着やタオルをハンガーから外して部屋のなかに投げ入れる。

そのままぼんやりと外を見る。下の道路をゆっくりと宅配便の車が通り過ぎていく。雨の日曜日にごくろうさまやなあと思う。どんな荷物を運んでいるんだろうか。昔は宅配便は、誰かが誰かに送るものだった。何かを買って、店で包んでもらって、宛先を書く。何かのお祝いとか、プレゼントとか、お中元とかお歳暮とか、そういうときに、誰かに何かをあげたくて送っていた。いまは自分でネットで注文したものが自分に届くだけになった。

それでもやっぱり、誰かから誰かに届くものもたくさんあるだろうし、雨の日曜日でも、そういうものがこの世界をたくさん行き来していて、そしてそれを運ぶひとたちもこんなにたくさんいる。

雨を眺めていたら、また猫がほしくなってきた。ペットショップで透明なケースに入っているところは、あまりにも可哀想で見に行く気がしないので、いつか道で子猫を拾いたいとずっと思ってるけど、そういうときに限ってなかなか出会わない。子猫を捨てるひとも少なくなったんだろうか。最近は玄関先につながれたままになっている犬も、ほとんど見なくなった。でもたまにいる。すごく可哀想だなと思う。

幸せな犬や猫をみると自分も幸せになるから、できればこの小さな団地の小さな部屋で猫を飼って、そしてここで幸せに暮らしてほしい。どんな猫でもいいから、一匹の猫を（あるいは二匹の猫を）徹底的に幸せにしてあげたいなと思う。日当たりのよい場所に小さな寝床をつくって、そこに可愛らしい柄の、柔らかい毛布を敷いてあげたい。猫は自分が、ありえないほど幸せであることを自分でも気づかないまま、ゆっくりと手足をのばして、ぐっすりと眠るだろう。私もそれを見てとても幸せになれる。純粋に幸せな存在は、自分が幸せであることに気づかない。溺愛したい。何かを溺愛する、ということを久しくしていない。何かを溺愛したい。それで振りまわされたり、困らされたり、たまに泣かされたりしたい。

子どもの頃のことで思い出すのはいつも、たくさんの猫に抱かれてこたつで丸くなって寝ているところだ。小さいころ、うちにはいつも猫がいた。いまどきの犬や猫に比べたら、ぞんざいで、いい加減な飼い方だったけど、それでも数匹の猫がいつも家の中にいて、私と母はそんな猫たちみんなを可愛がっていた。あの匂いはいまでもよく覚えている。小学校から帰ってきて、ランドセルをそのへんに放り投げると、いつも猫たちが出迎えにきてくれて、私は順番に背中から尻尾の付け根を撫でてやると、適当に二匹ぐらい抱え上げて一緒にこたつのなかにもぐりこむ。こたつのなかは臭くていい匂いがする。自分と母と猫たちの匂い。とても臭くて、でもとてもいい匂い。私は猫のお腹に顔をうずめて匂いを吸い込む。暖かいこたつのなかの、温かい猫のお腹の匂い。目を閉じて猫の匂いを吸い込むといつも満ち足りた気分になって、口のなかによだれがいっぱい湧いてでてくる。

ひとりで働いて私を養っていた母親は、あまり家の中にいなくて、だから私は子どもの頃からずっとひとりぐらしをしているようなものだった。気がつけばいまも古い団地のひと部屋でひとりぐらしをしていて、少し不思議な気もするが、とても自然なことのようにも感じる。築四十年のこの団地を、URに紹介されてあまり考えもせずにすぐに決めて、それまで一緒に住んでいた男の部屋を出てさっさとひとりで暮らし始めてから、もう十年にもなる。あのときはここは築三十年で、私は四十歳だった。私がひとつ歳をとると、世界もひとつ歳をとる。若返ったりはできないんだろうかと思う。別に若返りたいわけでもないけど。世界がひとつ若くなると、この団地も私もひとつ若くなる。四十年遡ると、この団地は砂とセメントと鉄に戻り、土地も更地に戻る。私は十歳の子どもになって、またこたつのなかにもぐって猫のお腹に顔をうずめる。お腹が減ると母親が作り置きしてくれる簡単な夕食を自分で温めて食べる。

　母の夕食は、おでんとかカレーとか、そういう作り置きができるものが多かった。カレーはいつもダマだらけで、粉っぽくざらついたルーが溶け残って、そこがとても苦かったが、私はその塩辛くて苦い溶け残りの部分が好きだった。私を養うためにスナックで働く母は、昼のうちに銭湯に行ってからご飯を作り置きして、夕方には出かけてしまう。夜中、私が猫たちと一緒に寝てしまってから帰ってきて、顔を洗うと冷たい体のまま私と猫たちの布団に入ってくる。私はそのときの母の、女らしい匂いや冷たい体が大好きで、どれだけぐっすり寝ていても必ず目を覚まして、母親の体にしがみついた。布団から追い出された猫たちも、文句を言いながらまた布団のなかに入ってきた。冬の夜の風に冷えきった母の体はすぐに温まり、うとうとしながらゆっくりと手足を伸ばす。私たちの布団は、ふたりの人間と猫たちには小さすぎたけど、みんなで一緒に寝るのは楽しかった。いま私は、この団地の小さな寝室の壁際に置かれたシングルサイズのベッドに、ひとりで寝ている。引越しと同時に買った無印のシングルベッドだ。子どもの頃はこのサイズの布団にみんなで一緒に寝てたのだと思うと、なんだか信じられない。

私はベッドに座って取り込んだ洗濯物を適当にたたむと、キッチンでお湯を沸かしてコーヒーを淹れた。雨の日曜日。今日はシャワーを浴びたら、梅田に行って、阪急の紀伊國屋か茶屋町のジュンク堂で何か本を買おう。どこかで簡単に食事をして、そのまま夕方まで梅田をぶらぶらしよう。そう思いながら、なんとなくキッチンのテーブルの椅子に座ったまま、ぼんやりとしている。自分のためにコーヒーを淹れて、椅子に座っていると、昔のことが目の前に浮かんでくる。雨の音がする。雨。あの公民館の小さな図書室を思い出すと、いつも冷たい雨が降っている。壁一面、大きなガラスになっていて、中庭のソテツと桜が雨に濡れている。

小学生のときは、土曜日は半ドンといって、昼から半日だけ休みだった。授業が終わると、いつものような給食じゃなくて、菓子パンと牛乳が配られる。食べて帰ってもいいし、持って帰ってもいい。牛乳は複雑な三角形の形をしたパックに入っていて、パンはいつも、毒々しい真緑色のクリームが挟んであるコッペパンだった。土曜日の授業が終わると、いつも一緒に遊んでいる女の子の友だちの誘いを断って、パンと牛乳をランドセルに入れ、家の近所の古い公民館の小さな図書室に行った。

土曜日の昼間、母親は二日酔いで寝ていることが多かった。そういう母を起こしたくなくて、半ドンの土曜日でも、私は友だちと遊んだり、公園で暇をつぶしてから、夕方に帰るようにしていた。ある夏の日、どこかひとりで暇をつぶせるところを探して、一度だけ連れていってもらったことのあった近所の公民館の図書室に行ってみた。久しぶりに訪れた図書室はとても静かで、本がたくさんあって、私はそこが気にいって、それから何度も通うようになった。土曜日の午後にはたいてい図書室に行って、そこに置いてある「世界児童文学名作全集」のようなものを手当たり次第に読んでいた。

公民館の鉄の門を抜けてすこし歩くと、重いガラスの両扉の正面玄関がある。右の壁には小さな窓枠が開いていて、受付のおばちゃんがいつも小さなテレビをつけっぱなしにして居眠りをしていた。私はおばちゃんを起こして挨拶をすると、小走りに図書室に向かう。薄暗い廊下を抜け、右に曲がると突き当たりに図書室のドアがある。

図書室は、たぶん本が日に焼けないようにだろうけど、北向きになっていた。でも壁一面がガラスで、ソテツや桜が植わっている中庭から差し込む柔らかい光が部屋のなかいっぱいに広がっている。黴と埃の匂い。真ん中に大きなテーブルが二つあって、いつもふたりのおじいちゃんが新聞を広げて居眠りをしてる。この公民館の大人はみんな寝てる。

テーブルの奥の、いかめしい大人むけの単行本や辞典が並んでいる大きな灰色の本棚の列の向こうが、子ども用のスペースになっていて、私はここが本当に好きだった。学校の、いつもは優しいけどたまに驚くほど冷淡に、嫌な感じになるおばちゃん先生もいないし、仲が良いけどときどきうんざりする女の子の友だちもいないし、いちいち気を使って顔を立ててあげないとすぐに怒って機嫌を悪くする、ただめんどくさいだけの男子たちもいない。学校という、いろいろ楽しいこともあるけど、でもやっぱり行かずにすむなら行きたくない場所と、心から愛してる母親と猫たちがいて暖かいこたつもある自分の家とのあいだにあって、ちょっと大人になったみたいにひとりになれる場所。

棚に並んでいる本のなかから、最初に何を手に取ったのかはもう覚えてないが、三国志と西遊記（子ども向けに短く編集したもの）、あしながおじさん、オリバー・ツイスト、ああ無情、ほら男爵の冒険、長靴をはいた猫、アンデルセンやグリム、坊っちゃん、その他ありとあらゆる名作が並んでいた。公民館という、何のためにあるのかはわかんないけどちょっと大人っぽいところにひとりで行くのも誇らしかったし、クラスの誰も知らない場所で誰も読んだことのない本のページを開いているのは、すごく寂しい気持ちとすごく自由な気持ちが混じって、それまでの生活で経験したことのないような、頭の肌がじんじんとしびれるような、痛快な気分がした。

特に好きだったのはあしながおじさんで、私は何度も何度も読み返した。いまでもあの、クリーム色の固い表紙と、灰色がかった白い紙に小さく印刷された活字が目に浮かぶ。ジュディ・アボット、サリー・マクブライド、ジャービス・ペンドルトン、ロック・ウィロー農園など、出てきた名前は今でもほとんど覚えている。名前のない孤児だったジュディ・アボットが、孤児院で付けられた自分の名前の由来を説明するところがあって、「アボット」は電話帳の最初のページから取って、「ジュディ」はたまたま見た墓石から取ったらしい、だから自分はまるで墓石と電話帳の合いの子みたいな気がしますって、手紙に書く。この場面を私はいまだに覚えていて、だから電話帳を見ると墓石を、墓石を見ると電話帳を思い出す。

私はあしながおじさんを読むたびに、自分の美穂という名前はどういう意味でどうやって付けたのかを母親に聞こうと思って、でもいつも家に帰ると忘れてしまっていた。だからいまだに、母親がどうして私をこの名前にしたのか、わからない。

母と私は、大阪環状線の線路沿いの、野田と福島のあいだにある小さな長屋の一軒を借りて住んでいた。風呂もない貸し家で、ほんとうは猫も禁止だったが、近所のまわりの家もみんな犬とか猫を飼っていた。商店街の市場で買い物をして、テレビで吉本とドリフを見て、くだらないことでクラスの友だちとけんかをしたり仲直りをして、母の作ったカレーを食べる、そういう毎日だったけど、私は時々、特に土曜日の午後、暇があるとひとりで公民館の図書室の硬いベンチに座って、どこかのアメリカだかフランスだかわからない外国の孤児院にいる自分を想像していた。夜のあいだずっと猫たちだけと過ごす自分と比べて、私のなかでは孤児院というところはとても賑やかで、たくさんの友だちに囲まれて暮らす場所で、だから私はとてもジュディがうらやましかった、どうしたらこんなに楽しそうに暮らせるのだろうと思っていた。でも、肝心のストーリーの本筋であるジュディとあしながおじさんとの恋愛は、自分にとってはあまりにも縁が遠くて、それがどんなものか想像もできなかった。

よく考えたら、それは今でも同じだ。私は結局、人生のそういう部分には縁がなかった。

母から、普通のうちには父親というものがおるけど、うちにはおらへんねんで、ということは、物心ついたときから何度も何度も聞かされていた。なんでおらへんの、と聞いても、ある時は死んだ、とか、また別の時はどっか行っておらへんくなったんや、とか、母の答えはそのつど変わったけど、ある時母が珍しく真顔で、あのな美穂。美穂はな、お母ちゃんとお父ちゃんが愛しあって生まれてきたんやで、と言ったのをはっきりと覚えている。私はびっくりして何も言えなかった。いまでもあのとき、何か言ってあげたらよかったのにと思う。でもあの場で気の利いたことを言うことは、小学生の女の子には、無理な話だった。私はただびっくりして、黙ってその言葉を聞いていた。

私は母から、ほんとうに可愛がられて育った。私は心から愛されたし、そして私も母のことが大好きだった。でも、母の人生には、私の愛だけで十分だっただろうか、と思う。

私が十五歳のとき、中学を卒業する直前に、母は突然亡くなった。亡くなってから医者に、心臓が悪かったと言われ、私はそのとき初めて、母が相当無理していたのだと知った。

私は図書室で出会ったたくさんの本が大好きになった。昼から図書室にこもって夢中で読んで、四時ごろになると何冊か借りて家に帰る。玄関を開けるといつももう母は起きていて、晩御飯の支度をしていた。本と猫を抱えてこたつに潜りこむ私に、母はカレーの用意をしながら何やかや話しかけてきた。私はほんとうは本の続きを読みたかったけど、そういうときは本を閉じて、その日あったことや先生にむかついたことなど、いろいろなことを母に話すようにしてた。でも時にはどうしてもドリトル先生の続きを読みたくて、こっそりページを開いて母に生返事をして、あんた聞いてへんやろと笑いながら叱られることもあった。

私は気に入った本を何度も何度も読み返すのが、溶け残ったカレーの粉と同じくらい好きで、だから中学生になるまで、なかなか図書室の本をすべて読破することができなかった。お気に入りの、何度も何度も読んだ本は、頭のなかでくっきりと、登場人物や会話やストーリーを、映画のように思い出すことができる。でも、まだ読んでなくて、中身について何も知らない本の表紙を開くと、そこにはただ、白い紙に黒い文字がびっしりと印刷されているだけのように見える。大好きなほら男爵の冒険にも飽きてきて、他に読むものがなくなって、しぶしぶ新しい本を開くと、ただそこには、ギザギザの棘がついていたり、曲がった手足が生えている小さな黒い字が並んでいる。でも、なんとなくその字を目で追っていると、いつのまにか目の前に、大どろぼうホッツェンプロッツやネコ肉屋のマシュー・マグが現れて、そういう人たちみんながそれぞれの悩みを抱えてそれぞれの問題と闘い、最後は女の子には王子様かあるいはその代替物が現れ、男の子はすべての敵を打ち負かしてみんなから褒められる。犬は優しい飼い主を見つけて幸せになり、猫も自由にのんびりと暮らす。

母が亡くなってからは和歌山の親戚に預けられ、三年間はそこから和歌山の高校に通い、卒業すると親切な叔父と叔母からいくらかのお金を借りて、大阪の大国町の焼肉屋の上のワンルームマンションでひとりぐらしをしながら短大に通った。夜は母のように水商売で家賃を稼ぎ、奨学金を借りて学費に充て、卒業して適当に選んで入った人材会社から派遣された北浜の小さな法律事務所で読み書きや事務作業の能力が褒められ、私はそこの正職員になることができた。後から振り返ってみれば、子どものころに通ったあの北向きの図書室でむさぼるように読んだ本や、ひとりで娘を育て上げた母親の生き方が、その後の私の人生につながっている。ジュディ・アボットの孤児院ほど賑やかな暮らしではなかったかもしれないが、私は、子どもの頃の私や短大のときの私に、それなりによくやった、頑張ったとほめてやりたい。あのときの私のおかげで、いまの私はひとりでも生きていくことができる。

私は雨のなか、透明なビニール傘をさして、梅田の紀伊國屋とジュンク堂へ行くために団地を出た。城北公園通りでバスに乗ると、座席に座って、ぽつりぽつりと灰色の雨粒が当たる窓から大阪の街を眺める。大川の毛馬橋から、淀川の大堰が見える。

その日は冷たいみぞれ混じりの雨が降っていた。前の晩から気温がぐんぐん下がり、朝には大阪では珍しく氷点下になっていた。古い小学校の校舎の窓の外の小さな校庭に植えられた桜の木が、真っ黒な丸裸で、まるで枯れ木のように寒そうにしていた。

土曜日の午前中は体育がなかったから、私はほっとしていた。こんな寒い日に体育したくない。でも二時間めの社会の授業で、自分の冗談にみんなが笑わなかったという理由で先生が急に怒り出し、何十分もクラスのみんなに説教をした。私はうんざりして窓の外を眺め、学校なんか辞めて、ドリトル先生の家に住み込んで弟子にしてもらうことを想像した。ドリトル先生が、君はとても優秀だね、特別に猫の言葉を教えてあげよう、と言ってくれる。日本から来たお嬢さん、君は本当に頭が良いね。君なら、あの難しい猫の言葉もすぐにマスターできるだろう。君、日本の小学校なんかすぐ辞めて、私の助手にならないか。もちろん、母親も呼びたまえ。猫たちも一緒に来たらよろしい。君たちには特別に、ロンドンで家族みんなで一緒に暮らせるように、アパートを手配してあげよう。

本当は私は大阪の片隅の長屋で母とふたりで猫と暮らしている、ただの小学生だし、猫と会話するどころか、ドリトル先生と英語で会話することすら一生できないだろう。だいたい、猫の言葉がわかるようになっても、何か特別に新しい会話が始まるとも思えない。猫の考えてることはシンプルだし、向こうが言いたいことはすでに全部表現している。ご飯がほしい、こたつや布団に入りたい、おもちゃで遊んでほしい、なんとなくさみしいから背中をなでてほしい。猫はすでに、自分の欲求をすべて表現する手段を持っている。そして私はそれが全部わかる。私はドリトル先生がいなくても大丈夫だと思った。少なくとも、家の猫たちとはもう、言葉を交わしているのだ。

ぼんやり空想したりなんとなく先生の話を聞いているうちに土曜日の授業がすべて終わり、菓子パンと三角形の牛乳パックが配られると、掃除当番以外はわらわらと教室から出ていった。私は仲の良い何人かの女の子から、ダイエーの二階のファンシーショップでクリスマス会で交換するプレゼントに貼るためのシールを探しにいこうと誘われて、それもすごくいいなと思った。うるさい男子が一切入ってこないあのピンク色の雑貨がずらりと並べられた店の片隅で、いろんな色のボールペンで試し書き用の紙にアイドルの名前や自分の名前をまん丸な字で書くのが好きだった。そのあとは地下のクレープの店で、ほんとうはチキンマヨネーズとかフランクフルトみたいな肉っぽいものが食べたいけど、我慢してもっと女子っぽいバナナチョコとかそういうのを食べる。

私は私の友だちが好きで、いつも同じ子三、四人と一緒に遊んでいた。クラスのなかではよくも悪くも目立たない、ほんとうに地味なグループで、成績はわりと良かったけど、でも抜群にいいわけじゃない。小五や小六になるとクラスのなかでもいっぱしのヤンキーみたいな子が出てきて、中学生と付き合ってるとか、もうタバコを吸ってるとか、そういう噂が流れてきた。でも私が通っていた小学校はそんなに荒れてるわけじゃなくて、たぶん大阪の他の小学校に比べたら平和で穏やかな場所だったと思う。私たちはそのなかでも特に平和で、穏やかで、地味で、要するに何の取り柄もない子たちが集まっていた。

いま振り返っても、幸福な子ども時代だったと思う。でもよく考えれば、特に私の人生は波風もなく、中年を過ぎてそろそろ老いることを意識しだした今でも、平和で平穏だ。ひとりぐらしの中年の女は、ときおり世間というやつから勝手なことを言われるけど、私はいまの暮らしは幸せだと思っている。少ないけど毎月ちゃんと給料をもらえる安定した仕事。きちんと納めている保険と年金。ちょっとした貯金もある。あとは猫さえいれば、他にはなにも要らない。

それにしても、どうして最近はこうも、子どものころのことばかり思い出すんだろう。空想や追憶にふけっているといつも、あの冬の日、あの寒い土曜日の午後の、あの図書室に行き着く。

友だちからの誘いを断ってまたあの図書室に行ったのは、ひとつには昨日読み終わった本を返しに行きたかったからで、もうひとつは、その日はとても寒くて、誰もいない灰色の校庭にみぞれ混じりの冷たい雨が降っていて、北に面した壁一面のガラスから入ってくるやわらかい光に満ちたあの図書室がなんとなく恋しかったのだ。大人用のスペースと子ども用の場所のちょうど真ん中に、大きなガスストーブがあって、いつも青い炎の輪っかが燃えている。今日もまたあのおじいちゃんたちは、大きなテーブルの上に新聞紙を広げて居眠りをしているだろう。

寒さにふるえながらいつもの道を小走りに急ぐ。いまごろ母は猫たちと一緒にぐっすりと寝ているだろう。路地裏の近道を抜けて、大きな国道を一本と、中ぐらいのバス通りを二本渡ると、その通り沿いに公民館があった。正面の鉄の柵はひとがひとり通れるぐらい開かれている。駐車場を渡って、いつもの入り口から入ると、またいつもの窓口のおばちゃんは、テレビをつけっぱなしにして椅子に座って居眠りをしていた。ほんとうにここの公民館の大人たちは、みんな寝てる。

大テーブルにおじいちゃんたちはいなかったけど、そのかわり、子どもスペースのところに知らない男の子がいたので私はびっくりした。

　その小柄な男の子はいつも私が座っている壁際の、黒い合成皮革のベンチの真ん中にちょこんと座って、左右に山のように図書室の本を積み上げていた。積まれていた本はどれも、宇宙のひみつとか、昆虫記とか、怪獣と恐竜とか、世界の怪談とかそういう類のくだらない本で、もともと男子が苦手だった私は、こんなくだらない本が好きな奴に自分の場所を横取りされて、すごく嫌だったけど、公民館の図書室の椅子は自分専用じゃなくてみんなのものだし、私は彼にそこをどけって言う資格なんかなかったから、すぐにあきらめて、その隣の普段座らないベンチに静かに座った。そこは壁一面のガラスにくっつけてあるベンチで、冷たいガラスに背中をあてて座るのが嫌だったけどしかたなかった。

　私は自分のかばんのなかから借りていた何冊かの少女向けの小説を取り出すと、気にもとめないふりをして続きを読んだ。でもなかなか話が頭に入らなくて、昨日まで家で読んでるときはあれだけ色とりどりで音も賑やかな物語だったのに、いまはまた真っ白な紙にずらずらと印刷されたただの黒い文字の列にしか見えなくなっていた。それがまるでその男の子が読んでいる図鑑に載ってる虫みたいで、私はほんとに不愉快な気持ちになったけど、こんなことでこの大好きなお話が虫たちの縦列駐車みたいに変わってしまうのが嫌で、私は顔を真っ赤にして必死に虫たちを楽しい物語へと変えようとしていた。私は虫を物語に変える魔法があればいいなと思った。でもそんな魔法を知ってる魔女ってどういう感じなんだろう。魔女はきっと、もっと堂々として、強くてきれいで、無慈悲で、なんでも知ってるから、小さな公民館の片隅の図書室の片隅にある小さなベンチを取られたぐらいで(しかもぜんぜん自分のものとかじゃないのに)こんなに悔しい思いをしたりしないだろう。

いま私が切実に欲しがってる魔法は、気持ち悪い小さなもぞもぞした黒い虫みたいな文字たちを、梅田の映画館で見るみたいな豪華絢爛なハリウッド映画なみの映像と音楽にもういちど戻す秘薬や、あるいはいつも自分が座っている小さなベンチを、ベンチよりもっと小さな男の子から取り戻すための呪文だったけど、たぶんそういう魔法を知ってる魔女がいても、彼女はただ一言「そこをどけ」と言うだけで足りるだろうし、そうするとその魔法を使う機会はないだろう。私に魔法が必要なのは、弱すぎて魔女になれないからだ。ここまで考えて、私が思いついたことはけっこう大事なことなんじゃないかと、自分でびっくりした。魔法は魔女しか使えないけど、魔女になれるぐらい強い存在なら、そもそも魔法は要らない。自分でちょっと面白くなって、思わず顔をあげると、そこに見たことのない三歳ぐらいの、にこにこした女の子の顔があって私は驚いて「わあ」と声をあげてしまった。

「あ、ごめんな！　ほらこっちおいで……おねえちゃんびっくりさせたらあかんで」

一緒にいたお母さんが私に謝ると、その子を抱っこした。

「この子な、おねえさんが好きやねん。びっくりしたやろ、ごめんなー」

私はまだちょっとどきどきしながらも、その子につられてぎこちなく笑いながら、いえいえ、と曖昧につぶやいた。その子は笑いながら私のベンチに手を伸ばした。

「ちょっとそこ座ってええかな、この子、そこから外みるの好きやねん」

「ああ！　そうですか、いいですよどうぞどうぞ」

「ごめんなー」

私が自分の本を腕に抱えてベンチから立ち上がると、それまでずっと黙って本を読んでいたその男の子が、顔もあげずに本を閉じて傍に置いて、ぱぱっと手際よく両脇の本の山を片付けて、さっとベンチの奥の隅っこにお尻をすべらせるようにして動いた。あとには、ちょうど私が座れるぐらいの空間が残った。

へえ、と思って、私も黙って自分の本を抱えたままそこに座り、私と彼は並んで黙って本を読むことになった。ガラス窓に接した方のベンチには、さっきの小さな子が後ろ向きに座って、ガラス越しに中庭をうれしそうに眺めていた。そしてその子の姿を、若いお母さんがうれしそうに黙って見つめている。

私は彼が、黙ってさっさと自分の隣に私が座れる分だけの隙間を空けたことに、かなりびっくりした。男の子はそういうことしないもんだと、無意識に思い込んでいたのだ。私のクラスの男子は特に最低で、そんなにグレてる子もいなかったけど、何ていうか、全体としてみんなバカだった。いつだったか、和歌山の小学校から転校してきた、クラスでいちばんかわいい美由紀ちゃんが、休み時間に自分の机に座っていたら、数人の男子にいきなり取り囲まれ、あっという間に男子たちは美由紀ちゃんのかばんを持ってすごい勢いで走って教室から出ていった。美由紀ちゃんはその場に固まっていた。びっくりして動けなくなっていたのだろう。数分後、男子たちは美由紀ちゃんのかばんを持ってどやどやと教室に帰ってくると、勝ち誇った顔でそれを美由紀ちゃんの机の上にどさっと置いた。あいかわらず美由紀ちゃんは青い顔をしてその場で固まっている。男子たちは何かとても面白いものを見たかのように、全員で真っ赤な顔で爆笑しながら、さっきと同じようにどやどやと教室から出ていった。

あとに残された美由紀ちゃんが、その場に座ったまま自分のかばんを開けると、そこから大量のダンゴムシが出てきた。美由紀ちゃんは大声で叫んだ。

そのあとどうなったかよく覚えてないが、いまだにあれが何だったのかわからない。たしか男子たちは全員親と一緒に呼び出され、校長室でめちゃめちゃ叱られたような覚えがある。でも結局、どうしてそんなことをしたのか、その理由はわからないままだった。たぶん、男子のなかのだれかが美由紀ちゃんのことが好きで、それで何かよくわからないけど男子たち特有の掟やルールがあって、放課後とかにどこかの資材置き場とか橋の下とかの、彼らがアジトと呼ぶ汚い場所で男子たちだけでふざけて話してるうちに、こういう計画になったんだろうと思う。

とにかく、私たちはもう十歳かそこらで、男というものに絶望していたような気がする。絶望というのは少しおおげさかもしれないが、男子たちの行動の理由や動機というものは一生かけても私たちにはわからないし、そういう生き物たちに言葉が通じるとはどうしても思えなくて、だからそもそも男というものは話し合いの対象にはならないと思っていた。私たちはそういうことを、十歳ぐらいで学んでいた。でも、そのあと中学校に入り、結局そういう、言葉も理性も通じないような相手から求められることが、私たち女子の価値みたいになってしまった。私たちは相変わらず、男というものに何の希望も持っていなかったが、そういう存在から求められるかどうかは、十四歳ぐらいで私たちにとっての死活問題になっていった。

ダンゴムシの件があの日の前だったのか後だったのかもわからないが、とにかくその図書室でその男の子に会ったときには、私はすでに男子というものをそういう目で見ていた。だから、私が若いお母さんと子どものためにベンチを譲って自分が座る場所がなくなったときに、彼が自然に場所を空けてくれたことに、かなりびっくりしたのだった。

そんなことにも気づかず彼は、宇宙とか恐竜とかの大きなイラストや写真入りの本に顔をつっこんで読んでいた。私はなんとなく気詰まりになって自分の本を読む気になれず、大きなガラス窓から中庭のソテツや桜を眺める子どもを見ていたが、それにも飽きてきて、いよいよ自分のすることがなくなって、仕方なく自分の本を開いたけれど、あんなに楽しかった物語は、あいかわらず白い紙の上を集団で進軍する小さな黒い虫たちでしかなかった。

私は本を読み進めることができなくなって、あきらめて本を閉じ、かばんにしまった。壁の大きな丸い時計を見ると、いつも帰る時間よりまだ少し早い。母親は猫たちと一緒に寝てるだろうけど、もう帰ろうかな。でも私はぐずぐずとなんとなく彼と同じベンチに座ったまま、かばんからノートを出した。何か書きたくなったわけじゃなくて、ただそのノートの表紙のイラストをもう一度見たくなったのだ。

前の日に学校の帰りにダイエーの二階の雑貨屋で買ったそのノートの表紙には、夜の街を、ぽつりぽつりと灯る街灯に照らされて、小さな白い犬がたったひとりで踊っているイラストが描かれていた。夜の街は黒じゃなくて、深い藍色で描かれていて、たくさんある建物の小さな窓はみんな金色に光っていて、その向こうに誰か住んでるみたいなんだけど、路上には誰もいない。小さな白い犬が、金色の街灯のスポットライトを浴びて、前足をあげて、にこにこと笑いながら踊っている。歌っているのかもしれない。それを見ているものは誰もいない。

私はこの表紙がとても気に入って、昨日の夜から何度も何度もかばんから取り出してうっとりと眺めていた。犬は楽しそうに踊ってるのに、夜の街は無人で、とてもさみしい。でも犬は自分がさみしいことに気づいてない。そのイラストを見てる私は、その犬がほんとうはひとりぼっちなことを知ってるけど、犬は自分がひとりぼっちなことも、私から見られてることも知らない。私はその犬に駆け寄って、力いっぱい抱きしめてあげたかった。

ふと横を見ると、意外なことに男の子も本を読むのをやめていた。彼は読んでいた本をベンチの上にきれいに積んで、両手で熱心に何か小さいものをハンカチでこすっていた。それは、サンリオの、小さな銀色のロボットの形をしたプラスチックのケースが付いた消しゴムだった。彼はその銀色のロボットのケースを一所懸命ハンカチで磨いていた。プラスチックのロボットの、小さな凹凸の隅々まで、ハンカチのいろんな部分を使いながら、彼は下をむいて、無言でいつまでも磨いていた。ときどき磨くのをやめて、指紋がつかないようにハンカチの隅っこで大事そうに持ったまま、うやうやしくロボットを空中にかかげた。まるで鏡のような銀色のプラスチックのロボットは、図書室の天井の蛍光灯を反射するほど、ぴかぴかになっていた。彼はうっとりとそのロボットを空中に抱えながら、指紋や汚れが残っていないかどうか、隅々まで点検した。ロボットはまるで自分の意思でまわりを見渡しているように、くるくると回転した。ふと、私とロボットの目があった。銀色で、ぴかぴかで、鏡みたいで、とてもきれいだなと思った。

彼は同い年で、別の小学校に通っていた。隣の街の、違う小学校に友だちができるなんて、すごく大人っぽいことをしているような気がして、私は土曜日の昼までの授業が終わると、毎週のように図書室に通った。そこにはいつも、受付で寝てるおばちゃん、広いテーブルで寝てるふたりのおじいちゃんがいて、奥のベンチには彼が静かにひとりで座っていて、たくさんの本や図鑑を積み重ねて、膝の上に広げた白いページのなかに顔を突っ込むようにして貪り読んでいた。私は彼の住んでいるところも、隣街だっていうことぐらいしか知らなくて、細かい場所はわからなかったし、そのときはどんな家族でどんな家に住んでて、親がどんな仕事してるのかとか、兄弟姉妹はいるのかとか、犬や猫を飼ってるのかとか、そんなこともぜんぜん知らなかった。いつもお互いが読んだ本の話や、テレビで見た映画の話ばかりしていた。彼と友だちだったのはその冬だけのことで、春になるとよくわからない理由で彼はどこかへ引っ越していった。だから私はいまでも、彼がどんな家庭だったのか、どんな家に住んでいたのか、何も知らない。私はいま、ひとりで淀川のちかくの古い小さな団地に住んでいる。彼はどうしているのだろうかと、たまに思い出す。たぶん普通に家族をつくって、どこかの街で暮らしているだろう。頭の良い子だったから、それなりに立派な暮らしをしていると思う。

彼が読んでいるものはだいたい男の子が読むようなものばかりで、だからあまりどの本が面白いとか、つまんないとか、そういう話は合わなかったけど、ときどき何を読んでるか教えてくれた。宇宙とか（ブラックホールとかビッグバンとか）地球とか（マントルとかマリアナ海溝とか）の話はよくわからなかったけど、恐竜（ティラノサウルスの前脚はとても小さい）とかペットの動物（人間は数万年前から犬や猫と一緒に暮らしてて、原始人の洞窟やお墓から猫の骨も出てくる）の話は面白かった。うちで飼っているようないないないような、半分は外にいる猫たちのことをいつも思い出しながら彼の話を聞いた。

学校は冬休みに入り、商店街にはクリスマスツリーやサンタの人形が飾られた。その年の年末はとても寒くて、私と母が住んでいた木造の粗末な長屋は夜になると強烈に冷え込んだ。私が寝る時間には母はまだスナックで働いていたから、ひとりで冷たい布団に入るのが嫌で、猫たちを連れて一緒に布団にもぐりこんだ。普段なら外にいる子たちも、その頃はこたつのなかに何匹もぎゅうぎゅうに入っていた。こたつのまで猫たちと一緒に寝ていると電気代がもったいないと叱られたから、こたつ布団のなかの真っ赤な照明に照らされた猫たちを無理やりひきずりだして布団に入った。年末はいつも母は遅くまで帰ってこなかったが、帰ってくるときはお寿司やクリスマスケーキをぶらさげていた。いまから思えば当時は景気が良かったんだろう。

学校の授業も休みになっていたので、私は土曜日だけではなく毎日のように図書室に通った。不思議なことにどれだけ早起きして行ってもいつも彼がいた。受付のおばちゃんもいつもいて、寝てたし、大きなテーブルにおじいちゃんもいつもふたりいて、寝てた。

もうほんとにあと二、三日でクリスマスだというその日、大阪の空に寒気が居座って、ものすごく晴れて真っ青な空で、ものすごく気温が下がった。街はきらきらと光って、空気が透明な氷になったみたいだったし、ふだん遠くのほうでぼやけてる六甲か何かの山も、ぎざぎざの黒い輪郭をくっきりと見せていた。とにかく寒くて、顔が痛かった。

図書室に行くと、彼はいつものようにベンチの上に本を積み上げて、本のなかに頭から潜水するみたいにして読みふけっていた。本の横には、銀色の小さなロボットが寝転んでいた。私はいつものように黙って隣に座ると、白い犬が踊っているノートを出してしばらく表紙を眺めた。

「太陽って、いつか爆発するねんで」

いつも図書室の奥のベンチのところには、私たちの他には誰もいなかったから、入り口のほうで寝ているおじいちゃんたちを起こさないように、小さな声でぼそぼそと話すことも多かった。

彼が読んでいたのは、星とか惑星とか宇宙とか、そういう本らしかった。子供向きの、挿絵がいっぱい付いているやつじゃなくて、ほとんど全部字の本だ。ぱらぱらめくっているとときどき白黒の写真が載っている。

私は、ふうん、と息だけで返事をすると、また白い犬を見た。その前の週にくまのプーさんを読み終えたので、次に読む本を探しに行きたかったが、なんとなく太陽の話の続きが聞きたくなった。

「太陽、爆発すんの」

今度は彼が声もださずに頷くだけで返事をした。

それ以上説明がないので、私は白い犬のノートを開いて、真っ白なページに初めて何か描こうか、それともこのまま何も描かずに真っ白なまま持っていようかと迷った。

「だんだんおっきなるねん」

「だんだん大きくなんの」

「うん。ちょっとずつ大きくなって、地球が飲まれるねん。それぐらいおっきなるねんて。色も真っ赤になるらしい」

「それって爆発ちゃうんちゃうん。もっと爆発ってもっと、ボカーンて」

私は白い犬のノートにはやっぱり何も描かないことにしようと決めて、それを布のかばん（前にちょっとだけ塾に行ってたときに使ってたやつ）にしまいこんで、かわりに冬休みの宿題の、社会か国語かもわからんような何かのプリントをひっぱりだして、その裏に丁寧にゆっくりと、太陽が爆発して黒焦げになったロボットを描いた。

顔は真っ黒で、ところどころバネやネジが飛び出て、目の玉はバツ印になっている。

「ほれ」

彼は黙って黒焦げのロボットを見ると、「犬は?」と聞いた。

「犬はかわいいで」

「ちゃうって。犬はどうなってんのそのとき」

「犬はかわいいいねん」

「もうええわ」

彼はプリントをひったくると、黒焦げのロボットの横に、下手くそな絵で飛び跳ねている白い犬を描いた。

「なんでおっきなんの。ていうか太陽ってもう大きいんちゃうん」

私は理科の教科書で見た、地球や水星や木星と太陽の大きさを比べている挿絵を思い出した。だいたいそういうやつは、小さな地球や水星、大きな木星や土星が描いてあって、そのいちばん隅っこに、ほとんど縦の水平線みたいになってる太陽のごく一部の絵が描いてある。わざと「このスペースじゃ描ききれませんよう」って言って、その大きさを実感させるようなやつ。

「もっとおっきなるねん」

「どれくらい」

「地球が飲み込まれるねん」

「うっそ。おっきいなそれ」

「おっきいで」

「熱いなそれ」

「熱いやろな。めっちゃ熱いと思うわ。飲み込まれるはるか前に、もうめっちゃ暑なんのちゃうかな地球。いまより十倍ぐらいのやつが空に昇ってくるねん」

「今日めっちゃ寒いからちょっとおっきなってほしい」

「せやな。でも何千度にもなるで」

「わかってるやんか。ボケたんや。こないだ教えたやろ。いっかい乗るねん」

彼は生真面目に、あっそうかごめん、と言って、言い直した。

「ほんまやなー、今日寒いから太陽おっきなってほしいな。って、死ぬわ！」

「死ぬまでが早い！　死ぬまでが早すぎ！」

「どうしたらええねんな」

「もっと途中で、そうそう、おっきなって温度上がって、何百度とかになって、って言ってから、死ぬわって言わんと。いきなり死んだらあかん」

私はおじいちゃんたちが起きるんじゃないかっていうぐらいの声で笑った。そのあともしばらく、声を殺して、顔を真っ赤にして笑っていた。汗が出た。

「難しいからもうええよ」

「うん。ほんで、いつ死ぬん、私ら」私は「死ぬ」という言葉が出ただけでまた爆笑しそうになったけど、やっと我慢して話を続けた。彼はクラスの男子みたいに、ちょっと揚げ足取られたぐらいで急に怒り出したりしないけど、でもあんまりからかうと黙り込んでしまうこともあった。

「しらん。何億年も後やて」

「太陽おっきなったら、熱いやろな。熱くて死ぬ？　もっとひどい？　みんな焼けるかな？　家とか」

「そりゃそうやろな。木造の家とか簡単ちゃう？　たぶんビルも焼けると思うで。焼けるっていうか、溶ける。鉄とか、コンクリートとか」

「うっそ。そしたらもう、みんな死ぬんやん」

「そういえばこないだ、日曜ロードショーで、みんな死ぬ映画やってたわ」

私は彼の「みんな死ぬ映画」という、短くしすぎの説明でまた笑いこけてしまった。

「どんなんや」

「だからほんまやって。みんな死ぬねん。死ぬっていうか、なんかゾンビみたいになるねん。で、世界でたったひとりだけ生き残って、そいつらと戦うねん。家とかにこもって、ライフル持って」

「自分ひとりで生き残ってんの？」

「うん」

「ほなトイレとかどうしてんの？」

「トイレ？」

「水とか流れるん？　水道局のひともおらんねやろ？　電気は？　ガスは？」

「うーん、どうしてたっけな。あんまり覚えてないなそのへん」

「だいたい何食べてんの」

「そんなもん、そのへんのスーパーから缶詰とか」

「どろぼうやん」

「どろぼうちゃうで。誰もおらんねんから」

私は「それやったらなんでも好きなもん食べ放題やん」と興奮した。

「いや、でも刺身とかはぜんぶ腐ってるで」

「あっそうか……」

刺身腐ってたらめっちゃ嫌やな、と思って、私はしばらく暗い気分で黙り込んだ。イカとかも腐ってるんだろうか。そりゃそうだよな、電気がないんだから。いつまでも腐らない缶詰とか、お菓子とか、そういうものしか残ってないんだな。電気もないから、店も真っ暗だ。何年も何年も、そういう状態で、ひとりで暮らすんだ。

「イカ腐ってたらめっちゃ嫌やな……」

「イカうまいからな」

「イカうまいよな」

「イカ納豆好きやな」

「うっそ。うっそ。あほちゃう。あほちゃうか」

「何言うてんねん納豆うまいやないか」

「腐った豆やで」

「それ言うと醬油も酒もチーズも味噌も全部腐ってるねんで」

「酒飲まへんもん。お母さんめっちゃ飲んで帰ってくるけど」

「スナックやっててんやったっけ」

「そうや」

「スナックて何するところやねん」

「うーん、三回ぐらい行ったことある。おっさんが酒飲んでお母さんと話してた」

「楽しいん？」

「うーん、楽しそうには、してた」

それからしばらく私たちは、スナックは何をするところかについて話しあった。そのあと納豆がさらに腐ったら一体どういう状態になるのかを想像した。そして、店中のものがすべて腐って、そのあとさらに何年も、何十年も経ったとき、いったいどうなるのかを考えた。

なんとなく、遠足のバスに酔ったときみたいに気持ちが悪くなってきて、私は自分の足元の、公民館の緑色のツルツルのスリッパを見下ろして深呼吸した。車に酔ったときは下を向いて深呼吸すると治るって担任の先生が言ってたのを思い出したのだが、そういう「こういうときにはこうするとよい」式のおまじないは例外なく効き目がなかった。

彼を見ると、彼も下を向いて深呼吸していたので、やっぱりイカの話はもうこれぐらいにしとこうと思った。

でも、やっぱり、世界中の人類ぜんぶが死んだ（あるいはゾンビになった）あとで、自分だけ生き残って生き延びるためにはどうしたらいいか気になった。

「だいたい、入り口のシャッター閉まってたら入られへんで、スーパー」

彼はほんとうに何気なく、何もためらわずに、すぐに答えた。

「ふたりでせーのってやったら、なんとかなるんちゃう」

「ふたりなん？」

「え」

「生き残ってるのは世界でひとりちゃうん。いま私だけ生き残ってるところ必死で想像しとったわ」

「映画はそやったけど。ひとりの方がいい？」

私は答えなかった。

「まあ、いま僕と自分とでこの話してるんやし、ふたりってことにしといたらええええんちゃう」

私は答えなかった。彼は塾の時間だと言って（いつも遅い時間に塾に行くと言っていた）、丁寧に自分の借りた本や文房具を自分のかばんにしまうと、ほな、と簡単に言って、すたすたと図書室を出ていった。

しばらく私はその足音を聞いていた。

その夜、いつものように、母親が帰ってこない布団の中に猫たちをひっぱりこんで寝る前に、ずっと、世界の人類が滅びたあとで、幾多の苦難を乗り越え、スーパーにも忍び込み、畑を耕したり淀川で魚を釣ったりして生きていくことを想像した。

環状線の電車が福島のガードを走っていく音が聞こえる。いちばんでかい白猫が私の頭に自分の顎を乗せて、ぐるぐると低いいびきをかいて寝ていた。私はいつまでも起きていて、滅亡した地球のことを想像していた。

いま思い出してみると、私たちの会話は、どれがどちらの言葉なのかわからなくなるぐらい、自然に溶け合っていた。私たちは、相手が吐き出した息を口から吸い込んでまた吐き出すように、お互いの言葉をやりとりしていた。

次の日の朝、図書室に行くと、めずらしく入り口のおばちゃんが起きてて、私におはようと言った。おはようございます、と返事をすると、さいきん毎日来るなあ、と言われたので、驚いた。いつも寝てるのに、なんで知ってるんだろう。

「いつも寝てるのになんで知ってんねんやろって思ってるやろ」

私は思わず笑って、うん、とかまあ、とか適当につぶやいて、そのまま小走りに図書室に入ると、テーブルのおじいちゃんたちはいつものように寝てたから、ほっとした。

　ベンチ席に彼がいたので、近寄って、「猫は？」といきなり聞いた。私たちは挨拶をしなかった。冬休みに入ってから毎日のように顔を合わせていたから、会ってすぐ、いきなり本題から入った。

「猫かー」

「そうやねん。猫はどうなんねやろ思て」

「きのうも一緒に寝てたん？」

「うん。きのうおかんまた遅かったし。ずっと、ええと、何匹おったかな。五匹ぐらい布団入ってきた」

「五匹てすごいな。ようそんな入れるな」

「私小さいからな」

「クラスで何番めだっけ」

「そんな前のほうちゃうけど。十番めぐらい」

「まあまあ小さいな」

「まあまあ小さいな」

「でもお母さんよく入れるなそこに」

「なんか朝起きたらおるないつも」

「なんかええな」

「お母さんとかと仲良いん？」

自分の家族のことをほとんどしゃべらない彼は、話題を猫の話に戻した。

「別にスーパーにキャットフードあるやろ」

「うん、ある。なくなっても、なんやかや、食べ物ぐらいあると思う」

「ほな大丈夫やん」

「そやなくて。私んとこの猫は、私が生き残ってるからいいやろ。私が世話したらええんやろ」

「うん。僕もごはん持ってくわ」

「ありがとう。せやなくて、隣の家にも猫おるねん。ずっと家んなかにおるねん。うちは半分野良やけど。あと、クラスの美由紀ちゃんとこに白い犬おるし。それから、塚田先生んとこなんか、犬と猫両方おるらしいで」

「犬と猫って両方飼えるん!?」

「飼えるよ」

「うっそ。めっちゃ喧嘩せえへん？」

「小さいときから一緒やったら家族になるねん。あと、その子によるんちゃうかな。いまそこどうでもええねん。せやなくて。あと動物園とかいったらもう、いっぱいおるやん」

「天王寺か」

「天王寺でも王子でも。象とかキリンとかおるやん」

「『かわいそうなぞう』のことは言わんとって」

「言わへん。言わへんて。嫌いなんやろ」

「うん。でも嫌いとか言うてたら思い出すからそれも言いたない」

「ほんまやな」

「忘れたいなあれ……」

「忘れたいと思ってたらずっと思い出してまうな」

「忘れようと思ったら忘れたいと思ってもあかんねんな」

「なんか深いな」

「深ないよ。動物園って、パンダとかカバとかライオンとかおるっていう意味やろ、わかってるで」

「うん、そうやねん。そういうのどうしたらいいの」

「人間が滅びたあとでなあ」

「そういうことやねん」

　私はふっと、春ごろにクラスで起きたできごとを思い出していた。クラスで何か動物を飼おうということになり、いろいろ話し合った結果（話し合いというか、最後は喧嘩になってたけど）、小さいハムスターを教室の後ろで飼うことになった。あのハムスターがどこからやってきたのか、もう覚えていないけど、薄い茶色に白い斑の小さいやつと、白に濃い茶色の斑のやつの二匹を、金魚用の小さい透明のプラスチックの箱に入れて飼っていた。はじめは、これもなぜか覚えてないけど、「ひまわりのタネが好きなはずや」って誰かが言い出して、それで小さくちぎった新聞紙と一緒に大量のひまわりのタネを中に入れたんだけど、ハムスターはぜんぜん食べている様子がなかった。それでもずっとそのままにしてて、たぶん誰も見てないときに食べてるんだろうと思ってたけど、やっぱりどうしても食べてる様子がなかったから、私はだんだん心配になってきた。でもクラスの子たちは、そもそも教室の後ろのロッカーの上に置いてある透明な箱のなかにハムスターが入っていることもほとんど忘れているようで、誰も気にしていなかった。だから私は、ある日、家の冷蔵庫にあったキャベツの葉を数枚ちぎって持ってきて、水槽に入れてやると、ちぎった新聞紙の海のなかからガリガリにやせ細ったハムスターが二匹飛び出してきて、キャベツを奪い合うように貪っていた。私たちはハムスターを餓死させるところだったのだ。

私と彼は、空が銀色に輝くほどに気温が下がった、あの冬の日の図書室で、ガスストーブが青く燃える炎を吐き出す静かな息の音を聞きながら、黙って顔を見合わせて、人間が滅びたあとの世界のことを想像した。人間たちが誰もいなくなって、野良猫たちや野良犬たちだけでなく、家の中で飼われている犬や猫たち、動物園の象やキリンたちが、餌も水ももらえなくなって、ゆっくりと渇いて、飢えていくところを想像した。

私たちふたりは、真っ青な顔で、こぶしを握り締め、ぎゅっと目を閉じて、何とかせな、何とかせなあかんと、必死で考えた。そのうち、『かわいそうなぞう』が本当に苦手な彼が、うそやろ、というぐらいの勢いで、ぼろぼろと涙をこぼして泣きだした。

「うそやろ」

私は思ったことをつい口にしてしまった。彼は今度は顔を真っ赤にしながら、あかんねん、僕あかんねんとつぶやいた。

「あのな、ドリフの映画あるねん」

「あ、ちょっと前にあったな」

「あってん。ドリフの映画。あれな、僕ちっちゃいときに、家族と一緒に観に行ってん」

私はぼんやりと、あ、この子が家族の話をするの初めてやな、と思った。

「そのときにな、大きな、倉庫みたいな冷凍庫に閉じ込められるシーンがあってん。で、ゆっくり凍えていくねん。僕な、そこで、泣き叫んでしもてな。親がびっくりして、まわりの客に謝って、映画途中で出てきてん」

「へえ」

「僕あかんねん。閉じ込められるの、ほんまあかんねん」

話を聞いているうちに、私もなんだかたまらなくなって、気がついたら一緒にボロボロに泣いていた。うるさくしたら叱られると思って、私たちがいた子ども用のスペースには誰もいなかったけど、必死で声をころして、ひいひいと泣いていた。

人類が滅亡したあとの世界を考えるということは、テレビ映画の話題から始まって、なんとなく私たちの「テーマ」みたいになっていたが、気楽な作り話だったものが、いつのまにかとても残酷な、大きな、深刻な問題になっていたのだ。私たちは怯えていた。家の中や玄関で繋がれて人間に頼って生きている猫や犬が、どれくらいいるだろう。私の家には半野良の猫たちがたくさんいる。半分野良だとはいっても、うちの母親が気前よく盛大にばらまくカリカリの餌がなければ、一週間と生きていけないだろう。そして自分の家のまわりだけでも、そういう犬や猫が何匹もいる。たとえば、ひとつ向こうの角の家には、玄関先に短い紐で繫がれたままになっている年老いた雑種の犬がいる。いつもほとんど動くことができなくて、かわいそうで、ちゃんと正面から見ることができないけど、たまに目があうと耳を前に動かして両手を揃えて、しっぽを立てている。私は泣きながら、今度あの犬に会ったら、ぐいっと抱きしめて、両耳をごりごりと揉んでやろうと決めた。

とにかく、それから私たちふたりにとって、人類が滅亡した後の犬猫のことは、とてつもなく大きな、深刻な問題になって、私たちは真剣に、真面目にその問題に取り組んだ。凍えそうな冬の夕方の、誰もいない図書室のベンチで、それまでのどの学級会とも違う、真剣な会議が始まった。

「だいたい何で滅亡すんの?」私は尋ねた。

「うーん。ウィルスちゃうか。どっかの研究所で作られた強力なやつが、漏れるねんそこから。で、広がるねん」

「そこで働いてるひとたちは平気なん?」

「うーん………。平気っていうか、なんか白い宇宙服みたいなん着てるから大丈夫やねん」

私はこないだテレビの洋画劇場で見た、なんとかっていう宇宙の映画を思い出した。宇宙ではみんな白いブカブカの宇宙服を着ている。みんなふわふわと、宙に浮くみたいな歩き方をする。「ウィルスの研究所」でも、みんなあんな服着て、あんなふわふわした歩き方してるんだろうか。いまから考えると、ふわふわ歩いてるのは重力がないせいで、服のせいじゃないんだけど。

とにかく、それから何日か、彼は病気や医学に関する大人向けの本も読み漁った。彼が私に教えてくれたところによると、ひとが感染する病気の多くが、動物に由来したり、動物に広がっていったりするということだった。だから、たぶん、人類が滅亡したら、一緒に飼っている動物もまた滅亡するだろう。人類とまったく縁がない、完全な野生動物だけが生き残る。

いや、もう、この際そういうことにしよう、ということになった。地球上の、あまりにも厖大な数の飼い犬や飼い猫が、家のなかに閉じ込められたまま、ゆっくりと飢えて死んでいくなんて、耐えられない。私たちは、ひとから動物に感染するウィルスもある、という事実にとびついて、ひとも、ひとに飼われている動物たちも、みんな一挙に全員死ぬ、ということにした。

　私たちふたりは、そう決めたとたん、閉館時間もせまった薄暗い図書室のベンチで、こころからほっとして、たくさん息を吐いた。一緒に死んじゃう犬や猫はかわいそうだけど、取り残されるよりはましだ。

　私たちは、何かの大惨事のあと人類が滅亡した世界でたったふたりでどうやって生きていくか、そればかり想像した。まるで何かの中毒になったように、そのことばかり考え続けた。動物たちの問題が私たちのあいだで解決した今となっては、あとはどうやって地球上でふたりだけ残った人類として、そのあと生き延びていくか、それだけが残された問題だった。

「あそこに餃子屋あるやんか。ひなた商店街の入り口のとこ」

「あー。うーん、駅のあっち側あんまり知らんねん。僕とこ反対側やから」

「あ、そうか。ほなどこで餃子食べるん?」

「餃子あんまり食べへんな。焼売のほうが好きやな。でも焼売もそない食べへんかも」

「ほな何食べてんの」

「何て。ふつう。カレーとか」

「きのうカレーやったわ」

「なんか君とこカレー多ないか」

「多いよ。あかん？」

「あかんことないあかんことない。お母さん忙しいんやろ、それでおでんとかカレーが多いんやろ。まえ言うとったやん」

「うん、言うた」

「うちもカレー多いで」

「そうなん」

「うん。でも中華も食べるで」

「どっちなん」

「皿うどんが好きやな」

「えー、皿うどんって飽きへん？　あと途中からブヨブヨならへん？」

「あのやわかくなったのがええんやんか」

「えー……いやーちょっとそれは……」

「僕コーンフレークもふやかして食べるで」

「うっそ！　うっそ!!　あほちゃう！　あほちゃう」

「……」

「あ、ごめん、怒った？　あのな、私もな、やらかくなったコーンフレーク、わりと好きやで」

「ほんま？」

「うん、全部じゃないけどな。おわりのほうでちょっとふやけたコーンフレークもわるないな」

「そうかー」

「でもな、あんまり外でそれ言わへんほうがええで。なんかやらかいコーンフレーク好きて、子どもみたいやで」

「そうか、ほな言わんとく」

「それで餃子屋のとこもうちょっと行ったら、スーパーあるやん、何やったっけ」

「いや、だからそっち側の商店街あんまり知らんねんて」

「でも駅のこっち側の肉屋のコロッケ好きって言うとったやん」

「それはお母さんが買ってくるねん」

　お母さんがどういうとき買ってくるの、買い物のときなの、それか仕事の帰りなの、と聞きたかったけど、私はその頃になると、彼の家族については深くつっこんで聞かないようになっていた。どうせ何も答えてくれないからだ。たぶん、何か言いたくないことがあるんだろうなと思っていた。女の子は小学校高学年ぐらいになると、そういうことに気づくようになっている。

「ほんなら行ったことないん、ほんまに、あの商店街」

「うん、えーと、何回かあるかも。でもほんとによく知らん」

「よし。ほんならいまから行こう。下見や」

「えっ。いいけど別に。ほんまにいまから？」

「うん、下見。たぶんあのスーパーがここからいちばん近い」

「そうなん。そうか、下見要るな、大事やなやっぱり。でも今日は今年最後の塾の授業があるねん」

「あ、そうか。じゃあ、大晦日の日にする？」

私たちは、人類（とその犬や猫）が滅びたあとは、しばらくスーパーの缶詰を勝手に食べて、それで飢えをしのぐしかないとわかっていたから、普通のスーパーにどれくらい、どういう種類の缶詰があるか、下調べしたいと思っていた。たぶん、缶詰すべてが食べられるわけじゃなくて、たとえばたまに見かける、あの白いアスパラガスの水煮みたいなものとか、考えただけで吐きそうになった。でも、コンビーフの缶詰が好き放題食べられるのは、とても素晴らしい、人類が滅びた後でさえもそれはとても素晴らしい、楽しい、美味しいことのように思えた。私は子どものときに、ごくたまに母親が作るコンビーフ入りの卵焼きが大好きで、できればコンビーフの缶詰を左手で持って、右手でフォークを持って、缶から直接ほじくりだして貪り食べたいと思っていた。

大晦日。風が強くて冷たくて、みんな早足で歩いていて、車もたくさん走っていて、スーパーの店内はカセットテープレコーダーが今年最後の大売出し、歳末大セール、みなさまよいお年を、と大声でがなりたてていた。

「やっぱり食べてみやんとわからんよなあ……」

私はスーパーの店内の、缶詰のコーナーに大量に並んでる、いろんな色のラベルを見ながら、これしか食べものがなくなったときの辛さを考えていた。金属の缶をこじ開けると、そこには冷たくなった、死んだ魚の肉や、死んだトウモロコシの粒とかが入っていて、私たちはそれを食べなければ生きていけない。急に給食のコッペパンが食べたくなった。銀色のアルミの器に入ったぬるいカレー汁はとても甘い。冷めかけた甘いカレー汁のなかにコッペパンをちぎって入れ、どろどろとかき混ぜて一気にかきこむと、世の中にこんなに美味しいものはない気がする。ああいうのが、人間の食べるべきものだろう、と思えてきた。

「そうやな。しかしこれ、きついなあ……」彼は困ったように笑っていた。

「きついよなあ。こんなもんばっかり食べんといかんねんな」

ふたりで突っ立って喋ってる横を、こんなもんですみませんでした、と言いたそうにしてパートのおばちゃんが商品を棚に補充している。

「あのな、僕きょう、金持ちやねん」

「そうなん?」

「あした正月やんか」

「うん」

「お年玉、うちとこちょっとしかないけど、でもいままでの分と合わせて明日はなんか買おうと思って、こないだお父さんに許してもらって、郵便局でおろしてん。それな、ほんまやったら押入れのなかの引き出しに封筒に入れてしもてんねんけど、こっそり持ってきた」

「え、でもそれ買い物するんやろ。なんかプラモデルか、恐竜か、地球儀とかそういうやつ。ロボットとか」

彼はロボットのところですごい勢いで瞬きをしだしたから、たぶん銀色のロボットの、小さい消しゴムのケースなんかじゃなくて、もっと大きくて重くてかっこいい、本格的な、下手したらなんかリモコンか何かで動いたりするようなものを、ほんとは買うつもりだったんだと思った。

彼はきっぱりと言った。

「ええねん。ええよ」

「ほんまにええの」

「何言うてんの。みんな死ぬねんで。みんな死んで、電気も水道もない、夜は真っ暗になるとこで、ふたりっきりで生きていかなあかんねんで」

だんだん声が大きくなってきて、まわりの大人に聞かれないかひやひやしてたけど、私もほんまにそうやなと思った。

「みんな死ぬんやな。ふたりで生きていかなあかんねんな」

「みんな死ぬんやで。ふたりで生きるねんで」

スナックで働いてカレーを作ってくれるお母さんも死ぬ。いつもこたつや布団に入ってくる猫たちも、死ぬかどうかわからんけど、とにかくいなくなる。私たちは拳を握りしめて、おたがいの目を見つめて黙って頷いた。しかしそれにしても、この缶詰たちは、たしかに食欲がわくものではなかった。鯖缶とかコーンとかツナとか、ひとつひとつはむしろ好物なんだけど、これだけで生きていけと言われると、とたんに喉がせばまってくる。でも、私たちには、ほかに選択肢はなかった。あるものを食べなければならないのだ。もう、あれが食べたいとか、これは食べたくないとか、そういうことを言っていられるときではない。

彼は近くに重ねて積んであった買い物かごをひとつ掴んで持ってきて、適当な缶詰をかごに入れ始めた。

「いつかこの缶詰もなくなるねん。一生、永遠にこれ食って生きてかれへんやろ。そう思たらこれも貴重やで」

「ほんまやなあ」

たしかに、いつかはこの缶詰さえもなくなって、あとはもう、淀川の河川敷とかで何か米とか作らないといけなくなるだろう。

図書室にある本で、こんど、そういうことが書いてある本を探してみよう。

でも、次に図書室行ったら、誰もいないんだなと思った。もうあの、窓口で寝てるおばちゃんもいないし、テーブルで寝てるふたりのおじいちゃんもいない。

みんな死んじゃったんやなあ。

私はつぶコーンの缶詰をかごに入れながら、涙が止まらなくなった。でもまだまわりに人がいっぱいいたから、がんばって、声を押し殺した。無言でぽろぽろと涙を流しながら、値段も見ずに缶詰をつっこんだ。

「お金だいじょぶ？　これ金額超えてんちゃう？」

「うん、たぶんそろそろ。それよりめっちゃ重い」彼は泣きながらちょっと笑った。

「たしかにめっちゃ重い」

レジでお金を払うとき、店員のおばちゃんからじろじろ見られた。子どもふたりが缶詰ばかり買うのが珍しかったんだろう。

缶詰がぎゅうぎゅうに詰まったスーパーのビニール袋が指に食い込む。両手で持ったり片手でまとめて持ったりして、私たちはなんとか四つの袋に分けた缶詰を二つずつ持って、スーパーを出た。

大阪の街はせわしないのか静かなのか、よくわからない雰囲気になっていた。みんな厚着をしてマフラーを巻いて、家族のための買い物をしている。強い冬の風に電線が揺れている下を、自分で編んだもこもこの真っ赤なセーターを着たおばあちゃんが、おなじぐらいおばあちゃんのペキニーズを散歩させている。ペキニーズをよけてラーメン屋の出前の自転車が颯爽と通り過ぎ、その横で自販機にコーラや缶コーヒーを補充するおっちゃんがふたりで、立ったりしゃがんだりしている。みんななんか目的があって、仕事があって、家族があって、何かを考えたり思ったりしている。

「ほんでこれどないすんの」私が聞くと、彼は前を見たまますこし考えて、「隠しとこう」と言った。

「そやな。誰にも取られんところに隠しとかな」

「取られるかもしれんからな」

「誰に？」

「うーん、まだ生き残った人らとか」

「そうか、いっぺんにみんな死ぬんちゃうんや」

「いや知らんけど。でも、みんな死んでも怖いけど、ちょっと生き残ってるほうが怖いよな。絶対取り合いになるよな」

「なるよなー、食べ物の取り合いなるよな。めっちゃ怖いな……」

「僕らまだ小さいし、子どもやんか。大人が何人かでかかってきたら、缶詰ぜんぶ取られるで」

「うわめっちゃ怖いやん。絶対取られるやん」

「取られるやろな」

「うっとこの学校の体育の先生おるんやんか、めっちゃ怖いねん。めっちゃでかいねん」

「どれくらい？」

「なんかな、180やいうてた。身長」

「180ってどれくらいかなあ」

「知らんけど。でもめっちゃでっかいねん。教室の入り口とか入ってこられへんねん。こないして頭よけるねん」

「めっちゃでかいやんそれ」

「ごめん、だいぶおおげさに言うた」

「そういやな、僕頭怪我したことあるねん」

「は」

「ここやで」彼は立ち止まってちょっと屈んで、頭頂部のつむじのあたりをかきわけて地肌を私に見せた。

「めっちゃ毛ぇ生えてる」

「そこちゃう。毛は生えてるよ。じゃなくて、ちょっと傷があるやろ」

「ああ、ほんまやな、ちっちゃい白いハゲみたいなんある」

「ハゲちゃう。ハゲやけど。ハゲいうか、これが傷やねん」

「どないしたの」

「うん、かばん踏んでてん」

「は？」

「うーん、なんかそういう遊びしてた。ランドセルをな、教室の床に置くやんか」

「うん」

「で、そのうえに飛び乗って、ジャンプするねん」

「ごめんぜんぜんわからへん」

「うーん、そうやろけど。なんか流行ってん、そんとき。なんかそういうのいきなり流行ることあるやろ」

「あるある。こないだチュッパチャプスのコーラ味が急に流行ったことがあって、みんな二、三十本買って学校に持ってきとった。ほんで、いきなりすたれた」

「そう、そんなやつ。で、床に置いた自分のランドセルをな、カタパルトや！　って言って叫んで、そこに飛び乗ってジャンプするねん」

「あほやなあ……」

「あほやねんけども。なんかのテレビかなんかでカタパルトっていう言葉を誰かが覚えて流行らせたんやと思うわ。カタパルトってなんかかっこええやん。ほんでな、僕な、思いっきりジャンプしたら、教室の入り口のあれ何ていうの、扉のレール？　あの横の棒？　あそこに思いっきり頭ぶつけてな」

「うん」

「めっちゃ血がぼたぼたぼたあって」

「え、まじで。血が出たん」

「出た出た。頭って知ってる？　めっちゃ血ぃ出るねんで」

「へえええ」

「もうな、あれみたい、映画とかで、顔じゅう血流してるひとみたいになって、みんなびっくりして」

「うん」

「でも僕そんなに痛くなかった。で、笑っててん。せやけどあんまり血が出るから、顔からだっらだら血を流したまま、保健室行って。そしたらすぐ病院やーいうて」

「何してんの、あほやん」

「あほやねん。もう血だっらだらやねん」彼は缶詰の袋を地面に置いて、両手で顔を覆ってゾンビみたいによろよろと歩く真似をした。「そのまま保健室行ったら先生めっちゃびっくりしよんねん」

「そらびっくりするわ」

「ほんで病院行って、なんか知らんけど、五針ぐらい縫ったんかな」

私たちは缶詰のビニール袋を地面に置いて、歩道の端っこにしゃがみこんだ。

「ほんでな、五針ぐらい縫って、そこにな、なんか知らんけど眼帯されてん。眼帯ってわかる？」

「あの白い？　四角い？　ガーゼの？　目ぇにはめるやつ？」

「うん、そう。頭のてっぺんなんか怪我するひとおらんやろ。髪の毛もたくさんあるしな。傷口守るのに、眼帯のゴムひもんとこを耳にかけて、それを目じゃなくて頭の上に持ってきて、そこに置いてた」

「どういう状態なんそれ」

「頭のてっぺんに白い四角い、小さなガーゼが常時乗ってる状態やねん。みんなから河童って言われた」

「皿みたいに。いやもうほんまやめて。ジャンプやし。カタパルトやし。河童やし。もうほんまあほすぎるやん」

「結局あのカタパルト遊びが一体何やったんかいまだにわからんねん」

私たちは真冬の路上で、顔を真っ赤にして汗さえかいて笑った。

しばらくするとだんだん笑いも治まってきて、なんか照れくさい感じで「ほな、いこか」みたいな感じでもういちど立ち上がって缶詰の袋を両手に持ったら、さっきより百倍ぐらい重く感じた。

「これめっちゃ重いなー」たくさん笑ったあと急に真面目になるのが恥ずかしくて、私は缶詰の重さの話ばかりした。「どこまで運ぶのこれ」

「いやわからんけど、ここ真っ直ぐいったら淀川やろ。どっか隠すとこあるんちゃうかな」

「ああ、ほんまやな、もうそこ淀川やな……」


まっすぐ北へ向かう大きな道路の歩道を、私たちは重い缶詰をぶらさげて、とぼとぼと歩いていった。歩いていくうちに、街は急に殺伐とした、荒れた感じになっていって、店や家が少なくなって、小さな古いアパートや、倉庫や、町工場や、トラックの駐車場が増えていった。通りすがる人や自転車や犬もだんだんと少なくなっていって、大通りはとつぜんどんつきで終わり、細い道に入って、さらにまっすぐ北に進むと、路地裏の町工場やアパートも少なくなっていって、空き地や駐車場や資材置き場や、何かよくわからない廃材や古タイヤやゴミみたいなものが山のように積んである広場ばかりになった。

その道も突然途切れ、私たちの目の前に、緑の壁みたいな、淀川の河川敷へと登る堤防が現れた。まわりには誰もいなくて、家も店も何もなくて、ただ倉庫とか町工場とか資材置き場みたいな、がらんとした景色で、こんな大晦日の寒い日には誰ひとり歩いてもいない。人の気配がまったくない、大阪の北の端っこの、大きな淀川にぶつかる、そこは街の終わりで、私たちの家や、家族や、猫や、学校や、友だちや、先生たちを、すべて後ろに置いてきて、私たちはここで、ほんとうに世界でふたりきりになってしまった。

彼もただ黙って、口をまっすぐに結んで、両手に重い缶詰をぶらさげたまま、じっと立って、あたりを見回してた。そして、荘厳で、厳粛で、深刻な顔で、ぽつりとひとこと、「ほないこか」とつぶやくと、堤防の小さくて急な階段を登り始めた。

いつのまにか夕暮れ時になっていた。

階段は狭くて、両側から草が迫っていて、これ夏だったらもっと草とか虫とかすごいだろうなと思った。しばらく雨が降らなかったので階段は乾いていたが、ところどころで段が途切れていて、そこは剝き出しの崖の土になっていて、滑らないように登るのが大変だった。彼は階段の途中に缶詰の袋をひとつ置くと、がんばって頂上まで行って、そこにもうひとつの袋を置いて、手ぶらで逆向きになって戻ってきて、また袋を持って、ということを繰り返して、私の分まで先に袋をぜんぶ頂上まで運んでくれた。そのあとまた戻ってきて、私に手を差し出した。私は空になった両手で彼の左手をしっかり握ると、急激に暗くなりつつある足元をよく見ながら、彼に引っ張り上げられて、なんとか階段を登りきった。

顔を上げると、そこには淀川の、広い、広い河川敷があった。私は小さく声をあげた。

堤防の頂上から見晴らす河川敷は、すっかり暗くなっていて、ススキの原が広がったその先に、夕暮れの海の水平線のような灰色の川面が、どこまでも続いていた。はるか彼方に対岸があり、街並みにはもう灯りがついていて、黒い巨大な工場の煙突からはかすかに煙が出ていた。左のほうを見ると、線路橋の向こうの河口のほうに日が沈もうとしていて、かすかに赤黒く燃えていた。反対側の空は、そこだけ夜が先に来ていて、小さな月と星が静かに光っていた。

風の音しか聞こえない。

彼がかすかな声でつぶやいた。

「地球やな」

「うん、地球や」

淀川に来たのは久しぶりだった。あれはいつだっただろう。いまよりももっと小さい子どもの頃、母とふたりで来たことがある。死んだ猫を埋めにきたのだ。チィとかミィとか適当に呼ばれていた彼女は、とても美しい白猫で、半分外飼いばかりだったうちの猫たちの間では特別あつかいで、彼女もまるでそれが当然のように、外に出ずにいつも家にいた。いつも冬はいちばん暖かい場所を、夏はいちばん涼しい場所をひとりじめして、何か考えごとでもしてるような顔で、ゆったりと寝ていた。私が生まれたときから彼女はずっと家のなかでいちばん優雅に、偉そうにしていた。そしてある日、たぶん私が一年生か二年生のころ、そのままゆったりと、優雅に、亡くなっていた。あまりにも安らかに、ぐっすりと寝ているように亡くなっていたので、最初は私も母も気づかずにいたぐらいだった。

私と母は、たくさんいる猫たちのなかでも彼女を特別に愛していたので、大泣きに泣きながら、彼女のなきがらを段ボール箱に入れ、自転車のカゴに乗せると、ふたりで淀川まで来た。

あのときは夏だった。夏休みの朝早くの、涼しい空気のなかに、草や花のにおいがしたことを覚えている。母は大事に段ボール箱を抱えて、私は母のワンピースの裾につかまって、なんとかして堤防を越えると、河川敷に降りていって、草のなかにわずかにある小さな道をたどって川辺のほうまで行って、土の柔らかいところを探して、小さな穴を掘り、そこに彼女を埋めた。私たちは空の段ボール箱だけを持って、帰り道、その軽さにまた泣いた。

いままであんなに泣いたことはない。でも、これからもっと泣くことが私の人生にはあるんだろうなと、ぼんやりと考えていた。

私と母は、地球に彼女を埋めたのだ。

「地球やなあ」

「地球やな」

「この地球に、もう誰もおらへんねんな」

「おらへんねん」

ますます暗くなってきた。彼は私の分まで缶詰の袋をぜんぶ持つと、あそこや、と言って、河川敷のほうに堤防を降りていった。

見ると、少し離れたところに粗末な小屋がある。まるで地球みたいな河川敷はどこまでも広くて、静かで、風が吹いていて、暗くて、寒かった。もうここには人間はいない。彼は缶詰の袋を四つも持っているのにどんどん早足になり、私は手ぶらなのに置いていかれそうになる。ほんの少しでも距離をあけるともう見失ってしまいそうな、背の高い雑草やススキのなかに彼が消えてしまいそうな気がして、私は必死で早足になる。

　黒い杉板が張られたその粗末な小屋の壁には、白いペンキで大きく防災用具倉庫、と書かれていた。入り口の引き戸にはもちろん、巨大な金色の南京錠がしっかりとぶら下がっている。どうしていいかわからずに突っ立っていると、足元に缶詰を置いた彼がさっさと小屋の周りをぐるぐると歩いて、両手でやっと持てるぐらいの大きな石を持ってきた。何をするんだろうと思っていると、無言でいきなりその南京錠を叩き壊した。

「むちゃするやん。めちゃめちゃなことするやん」

「もう誰もおらへんから別にええねん。生き残るためやで」

「まあそうやけど。びっくりしたわ」

「ごめんごめん」

　倉庫のなかは真っ暗で何も見えなかったが、彼が壁を手で探ると、何かのスイッチを見つけた。かちりと音がして、天井からぶら下がっている小さな小さな豆電球が慎ましやかに灯った。

「あ、電気きてるんやここ」

「よかった」

　すっかり日も沈み、月明かりに慣れた目には、小さな電球の暗い光も、じゅうぶんに眩しく、私たちは心からほっとした。そして、彼が扉を閉めると、私たちはこの地球上でいよいよほんとうにふたりきりになってしまった。

「ここにおったら安全やな」

「とりあえずはそうやな」

「うん、とりあえずはな」

「ここにしばらくいて、まわりのスーパーとか店とかからちょっとずつ缶詰持ってきたら、何年かは暮らせるかな」

「そやな。でも誰もおらへんねんやったら街中のほうがええんちゃう？　店もたくさんあるやろし」

「そやなあ。でもまあ、しばらくはちょっと様子見したほうがええんちゃうかな。僕ら子どもやし」

「そうやなあ……」

電気もついて、ぼんやりと薄く明るくなった。この小さな汚い小屋が、絶滅したあとのこの世界の、最後の住処なのだ。あたりを見回すと、狭いところに土嚢やシャベルやツルハシやヘルメットや何かわからない材料みたいなものとか工具みたいなものが、整然と積まれていて、その真ん中に畳二枚ぶんぐらいのスペースがあって、私たちはそこに座った。

歩いたり笑ったり必死で堤防を上ったり南京錠を叩き壊したりして気づかなかったけど、日が沈んだあとの大晦日の大阪の、誰もいない淀川の河川敷はとても寒くて、私たちの体もだんだんと冷えきってきた。

「さむいな」

「さむい」

彼は立ち上がってそのあたりをごそごそすると、奥のほうから小さな小さな、茶色くて角が丸い電気ストーブを見つけてきた。

「お、やるやん」

「コンセントあるかな」

「あ、そこにあるで」

「やった！」

赤くてけばけばの布で巻かれた電源コードを、壁のすみのコンセントにつないで、白い三角のスイッチをいれると、かすかにうなり声をあげながら、二本の電熱線が赤く光りだした。

それで部屋はもっと明るくなり、私たちは電気ストーブの前に膝をくっつけて座った。

いま何時かもわからない。でも母は今日はスナックで年越し営業してるはずだから、家に帰るのは朝でもいい。猫たちは、開けてある裏の小窓から適当に、出たり入ったりしてるだろう。寒かったらくっついて寝てるに違いない。いちばん安いカリカリを皿にあけて台所に置いてある。

何も心配いらない。どうせみんな死んでるんだし。

セメント袋の山にもたれかかって、横に並んで座って、ストーブの赤い灯りを見つめて黙っていたが、そのうちお腹が減ってきて、缶詰を食べよう、ということになった。でも、これから食料はどんどん厳しくなっていくだろうから、倹約しないといけないと思って、私はつぶコーンの缶詰だけ、彼はホワイトアスパラの缶詰だけを食べることにした。でも、缶切りはスーパーで缶詰を買うときに彼が思いついてちゃんと買ってたのに、箸とかフォークとかそういうものを買うのを忘れていた。

「手で食べんとあかんのかなこれ」

「しゃあないな」

「それパッカンって開くやつやん」

「パッカン」

「それヘラにしたら？」

「コテ？」

「ヘラ。コテっていう？」

「うん、僕とここコテっていうな」

「これ真ん中折ったらスプーンみたいになるんちゃうかな」

「なるなる」

「おお、これでいけるわ」

「舌切らんとってや……」

「切らへんわ。心配しすぎやわ何でも」

「そうか、ごめん」

「いや謝らんでええけど」

「うん。いけそう？」

「……めっちゃまずい」

「そりゃそうやろな……」

「でもしゃあないな」

「しゃあない、もうこれしかないんやから」

「そうやなあ。食べれるだけましやな」

「そう思わんとやってられへんな」

缶詰のつぶつぶコーンと水に浸かったホワイトアスパラはとにかく不味かった。塩気も何もない。冷たくなった野菜の死体だなこれ、と思った。でも、セメント袋の山に背中をもたれて、ふたりで並んで地べたに座って、電気ストーブで赤く照らされる缶詰を黙って食べた。

死んだ野菜の缶詰を食べてしまうと、いよいよやることがなくなった。お腹はまだ減ってたけど、目の前にたくさん積んである缶詰は、もう何も食べたくない。

しばらくぼんやりとふたりで並んで、赤いストーブの電熱線を見つめていた。ときおり低い風の音がする以外は静かだ。小さな電球とストーブで、この小屋はぼんやりと明るくて暖かい。でもその外は、ただ真っ暗で、枯れた雑草が風になびいているだけの、淀川の広い広い河川敷が広がっている。ずいぶん月も昇っているだろう。雲は出ているだろうか。ここには人もいないし、野良猫も野良犬も、みんないなくなってしまった。ぜんぶあのウィルスのせいだ。

とつぜん、母も猫たちも、もうほんとにいないんだということに気づいた。いままでちゃんとわかってたつもりだったけど、そのとき私ははじめてはっきりと理解したのだった。私は母と、母の作るカレーやおでんと、猫たちのあの家が、たまらなく恋しくなった。そして同時に、母も猫たちももういないということに、指の先が冷たくなるような恐怖を感じた。もういないんだ。こうやって人も、猫も、いきなりいなくなってしまう。悲しみ、怒り、寂しさ、恐怖がごちゃまぜになって、自分でも意味がわからない、強烈な感情が湧きあがってきた。

ずっと前、バカな男子たちが教室で騒いでいて、そのうち自分たちでも自分たちの興奮を抑えられなくなって、そのなかでもとびきりのバカが、言葉にならない奇声を発しながら、三階の教室の椅子をひとつ、窓から放り投げた。そのときたまたま運動場で、その教室の窓の真下を歩いていた二年生の女の子がいて、命に別条はなかったけど、肩だか腕だかを骨折した。そのあとそのバカはクラスでさんざん叩かれて、むしろそいつがいじめられてる感じになってたけど、私はその男子には興味なくて、とにかくその女子のことばかり考えていた。友だちと一緒に帰るところだったのかもしれないし、友だちの家に行こうとしてたのかもしれないし、いやいやながら塾とかそろばんとかに行くために歩いていたのかもしれない。でも、どこに行くところだったにせよ、その子は普通に、自分の悩みや喜びや、家族や犬や猫や友だちのことを考えながら、あるいは昨日見たテレビや今日読むつもりの漫画のことを考えながら、ただそこを歩いていたにちがいない。そしてそこに椅子が降ってくる。最初その子は、音や衝撃にびっくりして、何があったのかわからなかっただろう。やがて、自分から跳ね返って少し離れたところに落ちた椅子を見る。それから上を見上げる。窓のところに男子たちが数人、黙って、真っ青な顔で、こちらを見下ろしている。徐々に肩や腕に激痛が走ってくる。その子は泣いただろう。あるいは叫んだのかもしれない。それとも、ただ黙って、その場に座り込んだだろうか。

そして、思ったにちがいない。ほんのすこし、5センチか10センチずれてたら、頭に当たって、死んでたかもしれない。

道を歩いていただけで死んでいたかもしれないその女の子のことを、私はその事件があってからずっと考えていて、頭から離れなくて、はやく忘れたくて、忘れようとしたけど、でもやっぱり頭から離れなかった。自分もそういう目にあうかもしれない、ということはあまり考えなくて、母とか猫とか友だちとかが、道を歩いていてとつぜん上から椅子が降ってきて死ぬかもしれない、ということを想像すると、その場にじっとしていられないぐらい胸がどきどきした。

なにか、ものすごく強力な、そしてものすごく意地の悪い誰かがこの世を動かしていて、そいつが気まぐれでたまに、次はお前だ、と、こちらを指差す。そうすると突然、意味も理由も何もなく、椅子が降ってきたり、乗っている自動車が事故にあったり、飛行機が落ちたり、病気になったり、人類（とその猫や犬）を絶滅させるウィルスに感染したりする。

私たちふたりはどういうわけか、あの大惨事を生き延びて、こうしてふたりで河川敷の小さな小屋にたどり着くことができた。足元には、少しだけど、缶詰もある。不味い、冷たい、死んだ肉や野菜だけど、とにかく食料は食料だ。そのうち火をおこして、温めることもできるだろう。

となりの彼の顔を見ると、赤く照らされた頬に、ぼろぼろと涙がこぼれて流れていた。彼も自分の家族や友だちが全滅したことに気づいて、同じ気持ちになっているんだろう。

「たまらんな」

「うん、たまらん。みんないなくなっちゃったんやな」

「猫とお母さんに会いたかったな」

私は喉が狭まって、「お母さん」という言葉をうまく発音することができなかった。

「猫たち、どうやって死んだのかな。苦しまへんかったらええけど」

「ほんまやな。でもそれは大丈夫やで。そういうウィルスやから。即死するねん」

「そっか」

「うん」

またしばらく沈黙。

風の音がする。

「自分、いまいくつ？」

「僕？　十一歳になったとこ」

「一緒やな」

「そりゃ学年も一緒やからな」

「うん。で、来年は十二歳になるねんで」

「そうか」

彼と私は同時に、このままここで成長して、大人になっていくんだ、ということにも気づいた。私たちはいまはまだ子どもだけど、いつまでも同じじゃない。ちょっとずつ、それまでと同じように、一年経ったら一歳年をとる。体も大きくなるだろう。

そして？　そして、年老いていく。そのうち二十歳になって、三十歳になって、六十歳になって、八十歳になる。それまで何十年もずっと彼と一緒に、ふたりで、この無人の地球で生きていかなければならないのだ。

「僕も身長のびるかな」

「そりゃのびるやろ」

「大人になるんやなここで。ここかわからんけど。どっか移ってるかもしれんけど」

「そうやな。移ってるにしても川のそばがええやろな」

「水大事やわな」

「水なかったら死ぬな」

「これからそういうことぜんぶ考えていかなあかんねんな」

「うん、そういうことやな」

「いまはまだ電気来てるけど、そのうち止まるやんこれも」

「うん」

「寒いとき火を点けなあかんねんな。なんか、手動で。手動っていうか。手で」

「燃やすもんも必要やわな」

「洗濯とか……。なんやろ、あと、寝床を自分で作ったり。うーん、服は……そのへんで手に入るかな。でもそれも、五十年後とかでもちゃんとあるやろか」

「わからんな……。下手したら服とかも自作やな」

「どうやって作る？」

「うーん、葉っぱとか……知らんけど…」

「風呂とか」

「あー風呂入りたいな」

「病気のときとかどうしたらええんやろね」

「もう寝てるしかないんちゃう」

「そやな」

また沈黙。

風。

「子どもは」

「うん、それ私もいま考えてた」

「でもかわいそうやんな」

「最後にひとりだけ残ることになるからなあ」

「何人かいたほうがええかな」

「兄弟姉妹？」

「うん。十人ぐらいいけるんちゃう」

「十人てちょっと何やそれ。私めっちゃ大変やんそれ」

「子どもって何歳になったら作れるんやろ」

「うーん。はたちぐらいちゃうかな。十五歳ぐらいでもう産めるんかな」

「五年も先かー。はるか先やな」

「うん」

沈黙。

「めっちゃ可愛がったろな」

「うん」

「めっちゃ可愛がるねん」

「うん、うん」

「僕、女の子でも男の子でもええよ」

「私女の子がええなあ」

「うん、ほな女の子にしよか」

「この子、ほんまに最後の人類になるんかな」

「兄弟とかおったら別やけど、でも、まあ、最後の人類のひとりにはなるわな」

「この子、すごいな、こんなところで生まれてくるんやな」

「僕と自分しか知らんねんで人間のこと」

「すごいことやなそれ」

「すごいことやでそれ」

「梅田とか行ったことある？」

「うん、あるよ。お母さんと阪急行った。百貨店。地下で中華のおかず買ったよ」

「私ケーキ買ったことある」

「自分で買ったんや」

「そやで。ひとりで福島から国鉄乗って大阪駅いって、阪急まで歩いて、地下でケーキ買うたで」

「すごいやん。子どもがひとりで行って叱られへんの」

「叱られへんよ何言うてんの」

「ごめん僕そういうこと何も知らんねん」

「でも、もうそういうこともできへんねんな」

「そやな。阪急百貨店とかどうなるんやろな。でっかい廃墟になるんやな」

「ああいう、ひとがたくさんおるとことか、一生見いひんねんな」

「そうやな。全世界で、僕と自分ぐらいしか知らんねん、ほかの人間を」

「子どもってどうやって育てたらええの？」

「わからんな。僕らまだ子どもやからな。子どもって何やろな」

「学校とかもないやん。ぜんぶ廃墟やん。勉強は私らが教えるしかないな」

「そうやな。まあなんとか独学で。本とか教科書とかは、そのへんの街中で手に入るやろ」

「勉強に関しては任してええかな」

「うん、自信ないけど、がんばるわ」

「でも勉強って何させる？　算数？」

「算数な。算数って要るかなこの世界に」

「国語よりは要りそうちゃう？」

「せやな。算数要るけど、国語要らんな。でも小説とか本はたくさん読んでほしいな……。街中から本を集めて一箇所に置いとこか。子どものために」

「図書館、図書室。あの図書室みたいに？」

あの北向きの、大きなガラスがある、静かな図書室のことを思い出して、またちょっと泣きそうになる。

「そう、あの図書室。あの図書室めっちゃ好きや」

「私も。すごい好き。なんでやろ」

「なんか家も学校も嫌いちゃうけど、あの図書室って僕らしか知らんやん」

「うん、他のひとも来るけど、子どもであそこ使こてんの、私らだけやな」

「最高やんな。何でも読んでいい。いつまでも読んでいい」

「最高やで。何でも読める。いつまででも読める」

「なんでもあるしな」

「なんでもあるねん。じゃまされへんし。嫌がらせしてくるやつもおらんし、これ読みなさいって押し付けてくる先生もおらんし」

「もっかいあの図書室行きたかったな」

「ほんまやな」

「この子にもあんな図書室作ってあげたいな。できるかな」

「まあ、もともとこの子には、邪魔するやつも、先生もおらんけどな」

「ははは、そうやな。でも、あんな立派な図書室は無理でも、いつか大阪の街中から、きれいに残ってる本をぜんぶ集めてきて、この子のための図書室を作ってあげたいな」

「そうやな」

「僕がんばるわ。食料も集めるし、本もたくさん読んで、この子に教えたるわ」

「うん、私もがんばるわな。私も食料や本を集めるで」

「でも、僕ら年取って死んだら、この子が地球でたったひとり残されるねんな」

「兄弟とかたくさん作ったらええやん」

「うん、そやけど、なんかでも、この子ひとりしかできへんような気がする」

「なんか私もそんな気がする」

「女の子やんな」

「うん、女の子やで」

「名前何にしよ」

「何でもええよ、つけて」

「何でやねん、ふたりで相談して決めようや」

「うん。なんか鳥の名前がええな」

「孔雀とか？」

「あほやろ自分。なんでそんなゴージャスやねん。孔雀なわけないやろ」

「うん、ごめん、いま冗談で言ったんだけど、なんかおもんなかったな」

「別にええよ。なんかもっとちっちゃい鳥やな」

「すずめ？」

「うん、すずめかわいいな」

「つばめとか」

「つばめええな。つばめにしよか」

「つばめにしよか」

「つばめちゃんやな」

「つばめちゃんや」

「今日からお前はつばめちゃんやで」


何時かわからないけど、ずいぶん遅くなっていることは確かだった。もう年は明けただろうか。それともまだ十時とかぐらいだろうか。とにかく河川敷のその小屋は静かで、誰も来なくて、ストーブが暖かくて、これからの人類や食料や地球や図書室や私たちの娘のことをいろいろと相談しているうちに、だんだん眠くなってきて、いちど会話が途切れたときに、ふたりともほとんど同時に、意識を失うように眠ってしまっていた。

ガラガラと大きな音がして、小屋の引き戸が開いた。滅亡した地球の小屋にまさか誰かが入ってくるとは思わなかったので、私たちはその音でびっくりして飛び起きた。戸が開くと、懐中電灯の真っ白な眩しい光が、小屋の隅まで入り込んできた。図書室でいつも寝ていたおじいちゃんがふたり、ひとりは銀色の自転車を引いて、ひとりは白い犬を連れて、外に立っていた。

「おお、ここにおったわ」

「おー、おったか、おったか。良かった良かった」

「缶詰食べとったんか？」

「なんでこんなとこで缶詰食べとったんや？」

ふたりは楽しそうに、にこにこと笑いながら、懐中電灯を下にむけて小屋のなかに入ってきた。私たちはびっくりしたまま、きょとんとおじいちゃんたちを見ていた。

「ちょっとおじゃましまっせ」

「おーおー、電気ストーブつけてるわ、これはぬくくてええわ」

私はだんだん目が覚めてきた。いつも図書室でおじいちゃんたちが寝てるとこしか見てなかったから、そのふたりがなんか楽しそうに、そして仲よさそうにはしゃいでいるのを見て、うれしくなった。

「おっちゃんら、生きてたんか」

ひとりのおじいちゃんが私の言葉を聞いて、目をむいてから、大笑いした。

「生きてたんかて、それはこっちのセリフやわ」

「自分らな、夜になっても家に帰らんかったやろ。お母さんが心配して、交番に相談したんや。いま何人かのお巡りさんと、町内会のおっちゃんたちが、自分ら捜してんのや」

「たまたまここを通りかかったらな、いつもは真っ暗なこの小屋の戸の隙間から、明かりがかすかに漏れとったんや。で、開けてみたら、案の定おった」

「良かったな、ほんまに。何事もなくてよかった」

おじいちゃんたちは、床に転がった缶詰の空き缶を見て、ぽつりと、「何や、南洋を思い出すな」と言った。

外で大人しく待っていた白い犬が、楽しそうな私たちを見て我慢できずに、しっぽを全力で振り回しながら小屋に入ってきて、彼にとびつくと、顔中を舐めまわした。

彼は嫌がりもせず、大笑いしながら犬に抱きついた。ほんとに動物好きなんだと思った。

外を見ると、銀色に光る自転車が、まるで私たちを守るかのように、そこに静かに立っていた。

「ほら、もう帰るで。お母ちゃん、心配してえらい泣いとったで」

「お母ちゃん、きょうお店行ってるはずやで、朝まで」

「なんかはよ帰ったらしで、ふたりで一緒に紅白みよと思って」

「あっそうなん……」

「ほんで、どこ行ったかわからんし、いつまでも帰ってけえへんし、心配になってあの商店街入ったとこの交番行ったんやて。ほで町内会にも連絡があってな、捜索手伝ってくれへんかって」

「で、みんなは街の中捜してるんやけど、わしらはなんとなく河川敷ちゃうかって思ってな。このへん捜しとったんや」

「そうなんか……」

「おい、ボクも、良かったな」

「はい、すみませんでした」

「謝らんでええよ、ふたりで遊んどったんやろ」

「はい」

「でもなんでこんなにぎょうさん缶詰あるんや？」

「それは……」

「まあええよ、ほな帰るで。みんな心配しとるで」

「はい」「はい」

私たちは立ち上がって、お尻の埃を払って、帰ろうとした。

扉から外に出て、最後にもういちど小屋のなかを振り返ると、さっきまで私たちが座っていたところにつばめがいて、にこにこと笑いながら手を振っていた。私も小さく手を振ると、バイバイ、とささやいた。


茶屋町のジュンク堂で小説を何冊か買って、ロフトの一階のカフェでアイスティーを飲んだ。せっかく買った本もなんとなく頭に入らなくて、しばらく表紙を開いたり閉じたりしてたけど、そのうち読むのを諦めて窓の外を眺めた。窓は道に面していて、たくさんのひとが通り過ぎていく。昔はこのへんは、アメ村みたいな若い子の街だったけど、最近はキタもミナミもどこも、若い子自体が減ってきた。

私はあの小屋のことを思い出していた。あのとき、おじいちゃんふたりに助けられて、そのあとどうしたのかまるで記憶がない。残ったたくさんの缶詰は、持って帰ったんだろうか。母と再会したときも覚えていない。泣きながら抱き合っただろうか。普通に、どこ行ってたのと叱られて、それで終わりだっただろうか。私は買った本をばさばさっとトートバッグに放り込むと、伝票をつかんでレジで金を払い、外に出た。雨はすっかり上がり、秋の日が差していた。

あのあと、年が明けてからもしばらく図書室に通った。いつものようにおじいちゃんたちは寝てて、彼もそこにいた。でも私たちは、人類が滅びたあとでふたりだけで生き残ったことや、私たちのあいだに娘がいたことを、二度と話すことはなかった。いつも、嫌いな先生の物真似をしたり、猫たちや、フォッサマグナや、あしながおじさんや、宇宙船のなかでご主人様に反乱を起こすロボットたちの話をしていた。

そして彼はいつのまにかいなくなった。ある日、公民館の入り口のおばちゃんに、あの子引っ越したらしいでと言われ、それきりになった。それほど寂しくはなかったから、それからしばらくの間、ひとりで図書室に通っていた。私は正直、あの夜のことを、ほとんど忘れかけていた。はっきり思い出すようになるのは、それから何十年もあとのことだ。

母が亡くなったのが、私が十五のとき。母と猫たちと住んでいた長屋は、たまに懐かしくなって様子を見にきていたのだが、そのあとも入れ替わりにいろんな家族が住んでいた。でも、数年前に最後に見にいったときは、もう更地になっていた。おそらく建物もいいかげん古くなって、誰も住めなくなって、何年か放置され、廃屋になって、土地ごと転売され、更地になったのだろう。私たちのあと、どんな家族が住んでいて、どんなふうに暮らしていたのか、何もわからない。

カフェを出た私の足は、大丸のバス乗り場の方ではなく、自然と中津の方に向かった。

やたらと昔のことが頭に浮かぶ。学校で授業を受けていたら、保健室の先生が入ってきて、いま職員室に電話があって、美穂ちゃんのお母さん倒れたらしいでと言った。クラスのみんながさっと静かになり、みんな不安そうな、心配そうな目でいっせいにこちらを向いた。授業をしてた先生もびっくりして、おいお前、はよ帰ったれと言った。慌ててかばんにいろいろ詰め込んで教室を出ると、保健の先生がメモを渡してくれた。「ここにおるらしいで」そこには大阪厚生年金病院と書かれていた。

「ここやったらチャリですぐ行けるから、先生のチャリ貸したるからな。タクシーよりチャリのほうが早いと思うわ」

「すみません、ありがとうございます」

病院に着いたら母はすでに亡くなっていた。前日の晩はいつもより遅くに帰ってきて、そのままぐっすり寝てたから、今朝は起こさずに家を出て学校に来た。そのときにちらっと見た寝顔が、最後になった。

葬式やら何やらは、和歌山から駆けつけてくれた叔母、つまり母の妹がぜんぶやってくれた。叔母は私の手を取るとわんわんと大声で泣いた。私が泣かないのを見てすこし驚いたようだったけど、それもすぐにわかってくれた。とても気のいい叔母で、私も大好きなひとだった。

泣けるようになるまでに半年ぐらいかかったと思う。

和歌山の叔母の家に引き取られることになり、外では暮らしていけない何匹かの猫を連れて引越しをした。最初に和歌山の家で寝た夜のことをよく覚えている。猫たちは意外なほどすぐにその家に慣れて、各自で勝手に居心地のよい場所を見つけて寝転がっていた。その家にも白い犬がいたけど、かなり年をとっていて、動作もゆっくりで、猫たちはそれほど怖がることもなく、犬のほうも追いかけるでもなく、おたがい距離を取っていけるようだった。私は安心した。

自分の部屋が決まるまで、その田舎の大きな家の、庭に面した座敷に布団を敷いてもらっていた。最初の夜、時間も遅くなって、引越しの疲れも出てきて、私は布団に入るとすぐに寝てしまった。夜中に何かに顔を舐められて起こされた。目を開けると、犬が私の布団に入りたがっていた。端っこによってすこし布団を開けてやると、鼻先から入ってきて、布団の奥の奥のほうまで、どんどん潜っていった。私たちは朝まで一緒の布団で寝た。

和歌山での暮らしは、優しい叔父叔母に助けられ、とても静かで、穏やかなものになった。私は地元の中学校に転校した後、すぐに卒業し、おなじ地元の高校に通わせてもらった。

足は自然に北へ、西へ向く。ぐるっとカーブを描く大きな道路を道なりに進むと、中津の駅があって、そこを通り過ぎてしばらく歩くと、団地や、工場や、倉庫が増えていって、だんだんと淀川が近くなってくる。

あの小屋は、大淀か海老江のあたりだったと思う。缶詰を買ったスーパーもとっくに潰れてマンションになっていて、新しい道路も通り、街の様子がかなり変わっていた。それでも、淀川の河川敷は、四十年前と変わっていないはずだ。

ぶらぶらと淀川に向かって歩きながら、昔のことを思い出し続けていた。私が短大を出て、人材会社から最初に北浜の法律事務所に派遣されたとき、そこに出入りしていた司法書士の男と少しだけ付き合ったけど、そんなに好きじゃなかったから、長くは続かなかった。

そのあと二人ぐらいいろいろあったけどうまくいかなくて、でも二十九歳ぐらいのときに、やっぱり事務所の仕事を通じて知りあった同い年の弁護士から強引に誘われ、付き合うことになって、私も家族が欲しかったから、事実婚でいいならという条件で、一緒に住むことになった。

そして、それから十年も一緒に暮らした。

いつのまにか、大きな道路の向こう、マンションと工場の間に、河川敷の堤防の、緑の壁が見えている。たぶんあのへんに、小さな階段があって、それを上ったらあの小屋に行けるはずだ。

十年一緒に暮らしたあと、ある日私は突然、その部屋を出て、さっさと別の部屋を見つけて、ひとりぐらしに戻った。四十歳になって再び始めるひとりぐらしは、とても寂しくて、とても自由だった。しばらくの間は、ファミレスで会って話し合ったり、しつこく電話がかかってきたりしていたが、それもそのうちに止まり、数年後、もっと若い子と再婚したことを職場の噂で知った。

とくに何もはっきりした理由はなかったけど、よく考えると、もともと一緒に暮らしたのも、たいした理由があったわけじゃない。だから事実婚を選んだのだし、嫌いではもちろんなかったけど、本当に心から好きだったのかどうかは自信がない。でも、いいところもたくさんあって、ふたりで住んでて、楽しいなと思うことも多かった。

堤防の上へ登る小さな階段はすぐに見つかった。あのときは粗末な、ぼろぼろのコンクリートの階段だったけど、いまはすっかり整備されていて、手すりまで付いていた。見違えるほどきれいになっていたけど、でも確かにこれだ。

ゆっくりと階段を登る。淀川の堤防を登るのも何年ぶりだろう。

いちばん上まで来て、顔を上げると、四十年前とほとんど変わらない風景があった。

空は青くて雲が行き交っていて、右手の遠くのほうに白い橋が見える。はるか対岸には大きな工場がかすかに見えている。左手の、河口の方の線路橋を、電車が静かに渡っていく。車両のなかにはたくさんの人が乗っているだろう。

地球やな。

うん、地球や。

まさかもうないだろう、と心のなかのどこかで思ってたけど、あの防災倉庫の小屋は、まだそこにあった。堤防の上から河川敷のほうへ降りていく。小屋まで続く小道があった。

楽しいこともたくさんあった。毎朝、彼のほうが先に目を覚ますので、コーヒーをいつも淹れてくれていた。だから、コーヒー入ったで、という彼の言葉がいつも、おはようの挨拶だった。

細かいところもたくさんあって、そういうところは苦手だった。ある日、財布のなかにいつのまにか増えるいろんなクーポン券や割引券やスタンプカードをまとめて捨ててたら、彼が真顔で、そんなん捨てたらあかんやんか、それお金やで、と言った。それお金やで、というその言葉の、あまりのせせこましさに、つい私は大声で笑ってしまった。彼もつられて、笑っていた。

小屋はあのときとまったく同じ場所に、同じ姿で存在していた。黒い杉板の壁に、白いペンキで、防災用具倉庫と書かれていた。

扉は大きな南京錠で閉められていた。

私は一瞬、大きな石か何かで無理やり叩き壊して中に入ろうかなと思ったけど、やめた。

あの子はまだ中にいるだろうか。私の娘は。

私たちの娘は。

その帰りに、道端で死にかけていた子猫を拾った。目は爛れて膿だらけで、なかばふさがっていた。どこかに傷があるらしく、前足に黒い血のかたまりのようなものがこびりついている。母猫に捨てられたのか、人間に捨てられたのか、子猫は道端で、自分を捨てた母猫か、自分を捨てた人間を探して、大声で泣いていた。

私は子猫を拾いあげると、腕のなかに抱きかかえ、あとは事務的な段取りで頭のなかがいっぱいになった。梅田からバスに乗ってたら時間がかかるから、大通りに出てタクシーを拾おう。家について、まず必要なのは、水だ。ミルクはあげないほうがよい。猫砂は何でもいい、大阪市は普通ごみで捨てられるし。いちばん近いホームセンターはどこだっけ。コーナンがあるか。餌はパウチと缶詰とカリカリを何種類か買って、どれが好きか様子をみよう。すぐに病院も行かないと。たぶん病気や寄生虫をたくさん持ってるだろう。ワクチンも打ってもらおう。

落ち着いたら、窓際の椅子の上に毛布を敷いて、気持ちのよい寝床を作ってやろう。まだ子どもだから、すぐに元気になる。そしたらたくさん遊んでやらないと。人がいないときを見計らって、こっそり屋上で散歩させてやろう。夜になったら一緒に寝てくれるだろうか。いまはまだそんなに寒くないけど、猫という生き物は、寒くなったら必ず布団のなかに入ってきてくれる。傷や病気をすべて治療して、栄養状態がよくなったら、見違えるほど美しい猫になるだろう。

名前はもう決まっている。たぶん友だちや、動物病院のお医者さんからは、猫ちゃんに鳥の名前つけてるんですね、変わってますねって言われるだろう。


就職して最初に付きあった司法書士の男と、一度だけ海に行ったことがある。和歌山の、磯の浦という小さな、寂れた浜辺で、人もほとんどいなくて、そして台風のすぐ後で、波がものすごく高かった。びっくりするぐらい大きな波で、ほんとに入ってええんかな、死ぬんちゃうかこれ、と私たちは笑った。

その男の名前も顔も、もうあんまり思い出せない。でもその、高くて大きな波のことは、いまでもよく覚えている。

海のなかで手をつないで、胸のところぐらいの深さまで行くと、ざあっと足の間を冷たい海水が沖のほうに流れていって、そのあとすぐに、頭の高さをはるかに超える大きな波がやってくる。ほんまに死ぬんちゃうかと一瞬怖くなる。波がやってきたちょうどそのタイミングに合わせて、強く海の底を蹴ると、そのまま波の頂上に頭を出して、2メートルぐらいの高さにまで浮かび上がる。波が通り過ぎると、私たちもまた元にもどって、海の底に足がつく。

高くて大きくて、強い波に浮かんで、波と一緒に上下していると、こんなに楽しいことはないっていう気分になってきて、私と彼は海の中で手をつないだまま、ただ笑っていた。

その夜は和歌山市内の、小さな安いビジネスホテルをとっていて、そこに泊まった。寝ているあいだもずっと、私の体は高い波に揺られているみたいに、揺れていた。

いまでもあの波のことを思い出す。

あの波はよかったな。

あの波は、とてもよかった。

# 給水塔

私は名古屋で生まれたのだが、子どものときからこの家とこの街を出たいとそればかり考えていたから、大学受験のときに東京と大阪の大学だけしか受験しなかった。受験勉強をまったくしなかったのでたいしたところには合格しなかったが、東京と大阪の両方の大学にかろうじて合格したときに、迷うことなく大阪にした。ほんとうに何も迷わなかった。大阪以外の選択肢は私にはなかった。受験のときに出会った大阪が、それぐらい好きになっていたのだ。

いまでは東京も大好きで、さいきんはいろいろと出張や遊びで行く機会も増え、いろんなところで飲んだり食べたり散歩したりしていて、とても良いところだと思うが、十九歳のころの私にとって、大阪の独自性、何にも追随しない自治の雰囲気、好き勝手やっている無秩序な空気、他人にも優しいが自分にも甘いところ、受験をした一九八七年ごろにはすでに時代遅れになっていたけれども、それでもなお色濃く残っていたコテコテ文化などの印象は強烈だった。たかがいち地方都市のくせに、こんなに独特のものを残しているのは、ほんとうに格好良くみえた。後に沖縄にのめり込んでいくときも同じ理由からだったが、とにかく街全体が反抗やルール違反や独自性でなりたっているような大阪という街が好きだった。

考えてみれば小学生のころから、筒井康隆や小松左京や田辺聖子や野坂昭如といった大阪の作家が好きで、そこに出てくる曾根崎、北新地、お初天神、梅田、淀屋橋、道頓堀、千日前、天王寺という大阪の地名に慣れ親しんでいて、万博公園にはエキスポランドや太陽の塔があり、堺という街は「大阪のなかのもうひとつの大阪」みたいなところで、東大阪は町工場ばっかりとか、そういうこともすでに子どものときから知っていた。上新庄のワンルームで一人暮らしをはじめて、いつも小説で読んでいた地名が実際に存在していて、そしてそこで自分も暮らしていると思うと、幸福な気分になった。大学も関西大学、大学院も大阪市立大学という、これ以上ないほど大阪らしい大学で、当時は景気がよかったから遠方から下宿して通う学生も多かったけど、やっぱり大阪ローカルの大学だから地元の学生もたくさんいて、かれらに大阪弁や大阪文化、そして大阪という街そのものについて、よく教えてもらった。

受験のときにひとり旅を兼ねて、東京と大阪を行ったりきたりしてたくさんの大学を受験した。とにかく大阪の街の雰囲気がかっこよく、そこらじゅうを歩いた。あのときはまだミナミにも「立ちんぼ」がいて、十八か十九のガキがショットバーをハシゴして酔っぱらってふらふら歩いていると、長堀橋や東心斎橋あたりの暗い路地でにいちゃん遊ばへん？　とよく声がかかったが、誰と？　おばちゃんと？　と返すと苦笑いしてどこかへ行った。相手がヒマなときは、そのまま立ち話になることも多く、受験生だというとこんなところで遊んでないでちゃんと勉強しいや、と言われた。おばちゃんにもあんたぐらいの息子がおるねんけどな。もういま連絡取られへんわ。

初めて泊まったときは天王寺の都ホテルだったが、朝テレビをつけたら、ホテルの真横の路地でヤクザが発砲事件を起こしました、というニュースをやっていて、不謹慎かもしれないが、ああ俺はここにしよう、ここに住むんだと思った。もちろんヤクザの発砲事件なんか日本中で起こっていたことだったが、それにしても私にとってはそれはひとつのタイミングだった。大学の受験会場で試験を受けたあと、ひとりで西成や新世界をぶらぶら歩いていて、ジャンジャン横丁の小さなお好み焼き屋に入ってビールと豚玉を注文したら、どうみても八十歳をすぎているようなじじいがボケたおしていて、それを同じくらいしわくちゃのおばあちゃんが完全に無視して無言でお好み焼きを運んでいる。私が注文したお好み焼きをひっくり返したときにそのじじいが「あー、ハタチすぎるとしんどいわ」と小声でボケたのを、それもおばあちゃんが無視していて、とても素敵だと思った。別に大阪だけじゃなくて、日本中の大都市の下町には、こういうお好み焼き屋があるんだろうけど、そのあと帰りに地下鉄乗ったら小学生が大阪弁で漫才のような会話をしていた。

どの街でもそうだが、大阪というところも一冊の本のようだ。大阪という本には、いちばん最初の扉のページが複数ある。

大阪生まれでないひとが大阪と出会えるのは、新大阪、伊丹、関空、天王寺、京橋、大阪駅といったターミナルや空港だ。ここから大阪という本の最初のページが開かれる。第一章にあたるのは梅田だろうか。いまの若いひとなら、ヘップファイブ、エスト、ナビオ、グランフロント、あるいは東通りから堂山にかけて、あるいは迷路のようにひろがる地下街、そういうところから、大阪の物語を読み進んでいく。

次は福島と天満だ。どちらにも夥しい数の、古い家屋をリノベした、若いひとたちがやっている安いワインバルや串ホルモンの店がひろがっている。福島はかなり再開発が進んで、ビルとタワマンと駐車場が虫食い状にひろがっているが、駅周辺はあいかわらず盛り上がっている。天満はいまや福島を抜いて盛り上がり、ここ数年で急に旨くて安い店が大量に生まれた。

梅田をはさんでその両隣にある福島と天満は、いかにも大阪の気安い、ざっくばらんな、気さくな街だが、ページを進むとより多様な街の姿があらわれてくる。京橋はもちろん安い風俗とスナックの街（そこは昔から常に変わらず「ええとこだっせ」）、鶴橋は古い商店街に焼肉店が密集するが、もうすこし南のほうに歩くと、在日のキムチ屋と日本人の寿司屋や八百屋が混在するようになる。昔は偏見と差別意識から、鶴橋は「恐いところ」と言われていたものだったが、韓流ブームなどのおかげですっかり観光地になった。大阪城や玉造周辺もまた独特の雰囲気がある。天王寺は、阿倍野の再開発ですっかりつまらない街になってしまった。

こんどは向きを変えて、福島から環状線を西回りに進もう。ＵＳＪの入り口西九条は、かつてはテーマパークをあてこんだ街づくりをめざしていたが、いまではただの静かな商店街だ。九条のほうまで歩くと、飛田と並ぶ松島遊郭がある。大正は「リトル沖縄」と言われていて、実際に駅周辺にいくつか沖縄料理屋があるのだが、駅から離れて海のほうに行ったところにある商店街は、シャッター街になっている。

やがて大阪という物語は、環状線から放射状に広がっていく。江坂は昔は吹田北部のプチブル相手のきれいな街だったが、いまは（ハンズを除いては）パチンコ屋しかない。尼崎が変わることはこの先百年はないだろう。意外に店が増えて盛り上がっている上新庄は、高度成長期までは田んぼしかなく、まとまった地主が土地を押さえていたせいで、バブルの時期に大量にワンルームマンションが建築され、それがそのまま古くて安い物件になっていて、若者がたくさん住むようになった。天神橋筋商店街と千林商店街は元気だが、淡路商店街は阪急の再開発で、半分ぐらい消滅してしまった。堺からむこうは言葉も違う別の国で、そこではまた別の物語が書かれている。

仕事柄、月イチぐらいで沖縄に出張する。帰りは必ず伊丹空港に着陸する便にしている。大阪の真上を通るからである。昼間の眺めも素晴らしいし、夜景も素晴らしい。関空あたりで陸地に入り、そのまま和泉や堺の上をまっすぐ北に飛ぶ。山、工場、高速道路、田んぼ、あぜ道に沿った建て売り住宅の小さな群れ、そんなものがしばらく続いたあと、いつのまにかビルやマンションが増えてくる。そして、ああ大阪市に入ったと思うと、すぐにあの、バカバカしいほどの高さのあべのハルカスがたったひとりでそびえ立っている。するとそこには通天閣や天王寺公園があり、大阪市立大学医学部の白い巨塔がある。平面的に広がる九龍城のようなミナミの街から、すぐに大阪城とOBPの観光絵葉書のような景色が見えると、そのむこうに突然、梅田の高層ビル群が現れる。飛行機が北へ進むにつれて、信じられない速度で都市化が進んでゆくのだ。まるでそれは、可視化された人類の歴史のようだ。農業から工業を経て消費社会へ、農村から大都市へ、空間的に表現された時間的な進化の上空を、飛行機が飛んでいく。梅田の摩天楼で進化の物語が終わると、街は突然ぷつりと途切れ、広大な淀川が広がっている。そして飛行機は伊丹空港へと下りていく。

三十年以上大阪に住んでいると、もういいかげん「大阪人の性」だの「大阪人のDNA」だの「大阪人の掟」だのというものがたわごとでしかないことがわかってくる。大阪に生まれた大阪人でも、おもんない奴はたくさんいるし、几帳面で規則にうるさい奴もいるし、とにかくいろんな奴がいる。札幌と東京と大阪と福岡で酒を飲んでるやつにそれほど違いがあるわけでもなく、梅田と天満と京橋と天王寺で酒を飲んでるやつにそれほど違いがあるわけでもない。要するに、大阪という街について言われていることの、大半が虚構の、無意味な、ありきたりな、紋切り型の、たわごとでしかない。大阪について語るときには、本質主義的な擬人化としてのコテコテ文化の話か、マニアックな歴史ファンの瑣末な知識の羅列か、あるいはエリアごとの単なるグルメマップか、そのどれかになってしまう。だから大阪について語ることはとても難しい。それでも、この街、すっかり没落してしまった街、ただ大きいだけの街、貧しい人びとばかりが住む街、経済的にも政治的にも文化的にも何もいいことがないこの大阪という街そのものについて、まだまだ語りたいことがある。この場所で出会ってきたさまざまな断片をつなぎあわせて、大阪の街で膨大な数の人びとが毎日を生きていて、それぞれが膨大な物語を紡いでいるという単純な事実を想像したい、そういうことを書きたいと思う。

## 千林商店街、一九九一年ごろ

大学に入ってすぐウッドベースを始めて、二回生のときに最初に「仕事」としてベースを弾いた。よく覚えてないがたしか店ではなくパーティ会場か何かだったと思う。三回生のときから週三、四日のペースで仕事として演奏をするようになった。だが、そのうち自分に音楽の才能がないことをはっきりと自覚するようになり、高校のときから考えていたもうひとつの道、社会学のほうに進もうとした。しかし適当に受験した京大の院試に落ちてしまい、大学卒業のときには行き場所を完全になくしていた。就職することはまったく考えていなくて、すでに釜ヶ崎などに出入りしていたので、フィールドワークをかねて日雇いの飯場に通おうと思った。

スポーツ紙やバイト情報紙でいろいろ探し、土工なら高いところに登らずにすむし、重労働だろうが技術もそれほど要らないだろうと思って応募すると、そこは遺跡の発掘現場に人夫を派遣する小さな会社だった。遺跡の発掘現場というと、ちまちまとブラシやスコップで丁寧に遺物を掘り出す作業を思い起こされるだろうが、そういうのは大学を出て行政に雇われたちゃんとしたスタッフがやる仕事だ。その前の段階に、「とりあえず地面から2メートル掘る」みたいな作業をする人間が必要なのである。私が入ったのはこの仕事だった。現場もはっきりとふたつに分かれていて、むこうは公務員や学生バイト、こちらは日雇いで釜ヶ崎や他の飯場からそのまま流れてきた労働者のおっちゃんばかりで、この二つのグループのあいだにはほとんど交流はなかった。朝から夕方までとにかく人力で土を掘り下げる単純重労働で、二、三ヵ月続けるうちにすっかり体格が変わってしまった。一日のあいだにひとりで四トントラック数台分の土を掘ったことも何度もあった。

数ヵ月して発掘現場の仕事を辞めると、こんどは本格的な建築現場の日雇いの飯場に通うことにした。技術や経験の要らない解体の仕事をスポーツ新聞で探し、飯場に電話して、すぐに次の日から仕事に行くことになった。とりあえず地下足袋と作業服を買い、次の日、朝五時に起きて、自転車に乗って、すこし離れたところにあった飯場に行くと、そこはほんとうに本格的な飯場で、無愛想ないかついおっさんがずらりと並んで地面にしゃがんでタバコを吸っていた。私は緊張しすぎてコンビニで買った朝飯も食えなかった。数名でハイエースに乗り込むと、みな無言でスポーツ新聞をひろげ、タバコを吸い、コンビニの缶コーヒーを飲み、またタバコを吸っている。誰も喋らない。青白く痩せた若造だった私は小さくなっていた。現場に入ると、そこは男の世界で、まともに仕事を優しく教えてくれる者など誰もいなかった。とにかく訳の分からない道具の名前を怒鳴られ、勘でそれを取りに行く。当たっていても褒められないし、間違っていたらまた怒鳴られる。私はおっさんたちの現場でのやりとりを、仕事をしながら観察して、ひとつの論文を書いた。建築現場と遺跡の発掘現場をいったりきたりしながら、いろいろあって、途中で抜けて塾の講師をしていたときもあったのだが、合計して三、四年ぐらいは肉体労働をやっていたと思う。

あるとき、遺跡発掘の現場に奇妙な若い男がいた。真夏でも真冬でもいつも同じ和服の着物を着ていた。理由はわからないけど、わざとそういう格好をしていたのだった。シュッとしたいい男で、話も面白く、たしか私が二十三歳、彼がハタチぐらいで、歳が近かったこともあり、すぐに親友になった。彼は東京の出身で、高校を出てからぶらぶらして過ごし、わけもなく大阪が気に入って、しばらく暮らすつもりで、昼間に日雇いの仕事をしていたのだ。西成が好きで、いまも多いが当時はもっとたくさん、汚い古着屋があって、古い着物を数千円で売っていて、そういうところでたくさん着物を買っていた。彼は自己主張としてわざと着物を毎日着ていたのだが、服装などの一般的なルールには従わないわりに、自分自身の信念や倫理に対しては妙に生真面目なところがあった。とても現場の仕事ができる男で、細身の筋肉質の体が美しかった。

仕事が終わったあと、家が近かったこともあり、たまに彼が住むワンルームの部屋まで遊びに行っていた。部屋は千林商店街の近くにあった。千林は大阪でももっとも大きな商店街のひとつで、おそらく天神橋筋商店街の次ぐらいだろうか、いまでもさびれることなくにぎわっている。大阪人であれば誰でも「いち、じゅう、ひゃく、せん、せんばやし」というあの歌を知っているだろう。大阪の街の二大テーマソングのひとつである（もうひとつは京橋の「ええとこだっせ」である）。スーパーのダイエーの一号店がここにあった。一九五〇年代のことである。「主婦の店ダイエー薬局」がそれで、ここからあのスーパーマーケットチェーンが広がったのである。大阪から始まった安売りスーパーの最大手だったダイエーは、後に経営破綻してイオンに吸収されてしまった。商店街のなかにはたくさんの店があって、おばちゃん向けの服屋ではほんとうに豹柄の服ばかり売っている。ミッキーマウス柄もたくさんあるが、たぶん何かの法律に違反しているはずだ。タバコ臭い喫茶店では、ヒマそうなおっちゃんやおばちゃんが新聞を読みながら、鉄板に乗ったナポリタンをまるでざるうどんのようにずるずるとすすっている。ここを歩くと、時間というものが一斉に、のきなみに、ひとしく進むのではないことを感じる。「いち、じゅう、ひゃく、せん、せんばやし」のテーマソングは、「せんばやーしーしょうてんがーい」と続く。大阪では、このサビの部分をハモれると自慢できる。

東京というところは「こちらから行く」ところで、「そこから来る」ところだと思っていなかった私は、彼にしつこく、どうしてまた大阪に、それもこんな場末の千林に住んでるのか尋ねたが、ただ好きだから、としか答えはなかった。彼と付き合っているうちに、東京的なものが嫌いで、もっとアジア的なもの、もっと風変わりなもの、もっと混沌とした、危険な、自分勝手なものを求めて大阪に来たのだ、ということが徐々にわかってきた。要するに私と同じだったのだ。

彼と一緒に土を掘っていた現場は、大阪市のビジネス街が多かった。遺跡が出てくるのはだいたい大阪城の周辺、大阪のオフィス街のど真ん中で、西は靱公園あたりから東は京橋あたりまで、北は北浜や中之島から南は本町あたりまでが多かった。現場監督に聞くとかわいそうなのは施主で、オフィスビルやマンションを建てようとして地面から遺跡が出ると、工事をストップして発掘作業をしなければならない。その間の経費も施主持ちだ、ということだった。私たちはただの日雇いの肉体労働者として現場に入っていたので、大阪の歴史にはまったく興味がなかったが、何メートルか掘り下げるといつも薄い黒い地層が二層出てきて、それが大坂夏の陣と冬の陣でこのあたり一帯がぜんぶ焼け野原になったときの、その炭の層だ、ということを聞くと、へえ、と思った。いちどだけ、北浜の豪商屋敷あとで、古井戸の底からひびひとつない桃山時代の志野焼の完全な器が出てきたことがあって、それは確かいまどこかの博物館で展示されているはずだ。オフィス街の真ん中で泥にまみれて真っ黒になって土を掘ったあと、よく飲みに行くのは、堺筋線に乗って天六か、それともわざわざ逆方向に乗って動物園前から新世界が多かった。新世界のジャンジャン横丁の入り口のガードをくぐるところで、ここで靴片方だけ売ってるらしいね、とか言いながら、そのあたりをぶらぶらとひやかして、安い串カツ屋に入って私だけビールを飲んでいた。彼は飲めなかったのだ。その当時は新世界もまったく観光地化していなくて、地元のおっさんがわらわらと湧いて出てきていて、話は逸れるが、ちょうどその頃、大阪の大手ゲーム会社のOLと付き合っていて、その子が友だちと新世界を歩いていて、ジーンズの尻のポケットから財布を出そうとして引っかかって何回も失敗していると、通りすがりの自転車のおっさんからいきなり「ケツ掻くな！」と怒鳴られた、という話をしていた。それからこれはつい最近のことだが、学生たちを連れて釜ヶ崎を歩いたときに、ワンカップを持ってべろべろに酔っぱらったおっさんが私に近づいてきて、三〇センチぐらいの距離で私の顔をじっと見たあと、でかい声で「ええ男やなあ」と言った。そういう場所だ。そういう新世界や西成をよく彼と歩いた。いまでもそうだが、このあたりには野良犬が多い。みんなまるまると太っているので、これは誰かからエサをもらっていて、正確にいえば放し飼いの犬ということなのかもしれないが、ちゃんとした飼い方をされていない犬が多く、それはたぶん、ここに住んでるおっさんたちがみんな放し飼いの一生だったからだろう。ここのおっさんたちも、誰も首輪をつけていない。そのかわりいつも路上の死と隣り合わせだ。

彼が好きだったのはそういう場所ばかりで、わざわざ東京から大阪のそういうところまで、自分の首輪を外しに来たのだろう。毎日まいにち着物で通しているのも、どうしても人がつくったルールを守りたくなかったからなのだろう。もっとも大阪らしい街のひとつである千林に住んだのも偶然ではないだろう。彼はそういうことを意識して考えていたわけではなく、ただもう純粋に西成、天六、千林が好きで、昭和の時代が好きで、新しいきれいな街なんて面白くないと思っていた。酒も飲めないくせにわざと場末のスナックに通ったり、汚いお好み焼き屋やこの世の果てのようなバラックの酒場をハシゴしていた。烏龍茶で。現場でもいつも、ドカタのおっさんたちから着物を着ていることをからかわれていたが、細身だったが見事な筋肉で、とにかく現場の力仕事が抜群にできる男だったので、そういう変わった奴として、やがて自然に受け入れられていった。肉体労働の現場では、性格や人格やコミュニケーションやマナーや何やかやがいくらダメでも、体さえ動けば、誰にでも居場所が与えられる。私は肉体労働の現場の、そういう民主主義的で業績主義的で合理主義的で個人主義的なところが好きだった。天六あたりで着流しの彼と歩くと好奇心あふれる目で見られることが多かったが、新世界や釜ヶ崎では芸人やヤクザや何してるかわかんないおっさんが着流しで歩いていることも多く、着物姿が目立つことはまったくなかった。それにしても、ハタチかそこらでそこまで「自分」というものをゼロから作り上げようとする彼の個性は強烈だった。そのころ釜ヶ崎で暴動があり、大きな暴動としてはあれが最後だったと思うが（そのあとも小さいのはあったが）、彼は大喜びで地下鉄に飛び乗って、三日間ぐらい寝ずにずっと現場にいたらしい。警察に石投げたよ！　帰ってきた彼はうれしそうに武勇伝を語っていた。

千林の商店街からすこし淀川に向かって歩いたところに、彼のワンルームがあった。

バブルのときにそこら中にできた、ユニットバス付きの独房のような部屋で暮らしていたのだが、彼の部屋はほんとうに汚かった。昔の昭和の映画の写真集や、いまどき誰も読まないような安部公房の小説がそこらじゅうにほこりまみれで積み上げられていた。あるとき、これ読んでほしいんだけど、と言って部屋のすみからがさがさと出してきたのが、コクヨの薄いオレンジ色の罫線が引かれた、小学生がよく作文で使うような四百字詰めの原稿用紙の束で、薄いインクの万年筆の神経質そうな細い字で小説が書かれていた。万年筆というところも昭和っぽい感じだった。それを渡されて、ああ小説かと思った。人の小説を読まされることが、その頃までの私の人生のなかですでに何度かあって、なにか人生を一発逆転しようと思う奴が書くものだというイメージが焼き付いてしまっていた。

彼が書いた小説は、とても「前衛的」なもので、正直よく理解できなかったが、私は親友だったので、親切のつもりで、もっと面白いストーリーとかがあったほうがええんちゃう、と言ったら、彼は怒って、ストーリーなんか無いほうがいいんだよ、むしろ、そういうところから離れたところにどうのこうのと言った。私は小説とか文学はさっぱりわからなかったので、そういうものか、と納得した。

遺跡発掘の現場には、私たちのような日雇いのドカタばかりではなく、ちゃんとした教育委員会のそういう部署の、大学院で学位を取ったようなスタッフが全体の指揮を執っていて、そちらにはそちらのアルバイトがいて、学生とか、主婦とか、そういう人たちが、私たちが力まかせに掘り下げた現場で、石灰で白線を引いたり、ハケで出土品の埃を払ったり、何やら細かい器具で丁寧に遺物を壊さず掘り出したり、そういうちょっと高級な作業をしていた。基本的には、私たちの肉体組と、大学院出に率いられる高級組とは、ほとんど交流はなかった。でもむこう側のバイトにも面白い奴がたくさんいて、何人かは友人になった。いちど発掘がはじまるとほぼ同じメンバーで同じ現場に二、三ヵ月入ることも多く(つくづく施主が哀れだが)、交流はないままでも、お互い顔見知りになることも少なくなかった。なぜかむこう側のアルバイトには若い女の子が多かった。といっても、九〇年代のまだ景気の良いときで、アルバイトも仕事も探せばいくらでもあるときに、わざわざそんな泥だらけの現場で土をじかに触るような仕事をしたがる子は、やっぱりとても変わった子が多くて、普通の女の子としての道を歩くのが嫌で、なにかちょっとでも人と変わったことをしたい、自分らしいことをしたいと思って入ってくる子が何人かいた。だいたいすっぴんで、独特の服装をしていて、世の中のキラキラした部分と無縁で、いつも教室の片隅にいたような子だった。

私はいまでも他人の心や気持ちというものがまったく理解できなくて、子どものときからずっと、大人しくしてる奴は大人しくしたくてしてるんだろう、友だちがいない奴は別に友だちが必要ないんだろう、遊びにいかないやつは家にいるのが好きなんだろうと、本気でそう思っていた。基本的に、ある状態にいる人は、その状態が好きでそうしてるんだろうとしか思ってなかった。恥ずかしい話だが、大学を出て大学院に落ち、遺跡を掘ったり建築現場で重いものを運んだりバーテンやミュージシャンや塾の講師をしていろんな奴と出会っているうちに、どうしても人とまったく会話ができないけど、心から友だちというものを欲しがっているひと、ほんとうは海やプールに遊びに行きたいのだけど、誰からも誘われないからもとからそういうものには興味がないふりをしているひとというものが、むしろ世の中の多数を占めているということを学んでいったのだ。音楽で挫折し、学問でも挫折したときに、初めて外の世界への窓が開き、彼氏ができなくておしゃれや化粧にもとから興味がないふりをしている女の子にも内面があり、人を好きになり、性欲もある、という当たり前のことを、私は大阪から教えてもらった。

むこう組のバイトのなかの、ひとりの女の子は、まったく化粧っけがなく汚い格好をしていたのだが、なぜか現場でいつも洗濯をしすぎて首の広がったTシャツを着ていて、それはたぶん汚れてもよい服を作業服として現場で着ていたということなのだろうが、しゃがんで前屈みになって現場で作業しているときにいつも、かなり大きな胸の谷間とブラが丸見えになっていて、うわあ、と思ったが、こちら側のおっさんたちは誰もそれを話題にすることすらなかった。なにかこう、キャバクラの派手なねえちゃんがちらっと見せている谷間とはまた別の、生々しく、荒々しい、剝き出しの、何というか、目のやり場に困るものだった。私がもっと本格的な建築現場で働くために辞めるというと、最後の日には持ち場を離れてなぜか私の横にぴったりくっついて作業していて、仕事が終わって顔を洗って着替えて現場を眺めながらタバコを吸っていた私の横にきて、いつまでも黙って立っていたので、話しかけると、今日で終わりやんなあ、と言った。そうやねん、しんどかったわあ。しばらく休んだらこんどは遺跡じゃなくて建築現場で解体か土工の仕事するねん。そう言うと、彼女は、今日これから、どっか行かへん？　と言った。あー、めっちゃ行きたいなー、でも今日はあかんねん、ほんまごめんなー。電話番号教えてくれる？　また行けるようになったら電話するわー。うん、ええよ。次の仕事も気をつけてな。ぜったい電話してな。うん、電話するわ。結局いちども電話はしなかった。

そういう、ちょっと変わった女の子のバイトが何人かいるなかでひとり、背の高い、がりがりに痩せた女の子がいた。自分で文房具のハサミでぶつんぶつんと切ったようなぼさぼさのショートカットで、真っ白な頬にそばかすが浮いていて、目だけがぎょろぎょろとして、いつもおどおどした感じで、まっすぐじっと立ってられなくて常に小刻みに左右に揺れている、手足の長い、きれいな女の子で、俺と、千林の彼と、それから数人の若手の仲間の一員になり、たまに飲みにいったりしていたが、彼女となにかを喋ったという記憶があんまりない。ただそこにいて、いつも貧乏揺すりをしたりぜんぜん関係ないほうを向いてぼうっとしていたりしていたことを覚えている。ある日、彼と遊んでいると、いきなり言い出しにくそうに、俺、彼女と付き合うことになったんだよー、と言った。そういえば彼は大阪が好きで大阪に住んでも、大阪弁になることを頑固に拒否して、いつもきれいな東京弁で喋っていた。あ、そうなんや！おお、よかったやんか。彼女欲しがってたもんな。そうか、最近よく一緒に飲みにいってるなと思ってたら、そうかー。よかったよかった。いや、それがさあ。あいつ、二十九歳でさあ。いまから考えたら二十九歳の女の子なんか若い子の範疇だが、当時ハタチの彼からしたら、それはそうとう年上にみえただろう。え、二十九歳やったんかあいつ。マジで。へえ。いままで何してたんやろ。いままで何してて、どういうアレでこの仕事に入ってきたんやろな。この仕事一本っていうか、この仕事で飯食ってんのかな。ひとり暮らし？　なんかよく知らないけど、バツイチって言ってたよ。えええええ。あの子結婚してたんか。ほんで離婚したんか。何があったんやろ……。わざわざこんな、土に汚れるバイトに入ってきて、人見知りで、いつも立ってるときに左右に揺れていた彼女が、結婚していただけでなく、離婚までしていたのは本当に意外で、そのときもしみじみと、どんなひとにも人生があり、どんなひとにも内面があるんだということを痛感した。彼はそのあとその子としばらく付き合っていたが、いつも彼女の愚痴ばかり言っていた。あいついっつも泣くんだよね。超ウザいよマジで。え、ほんまかいな。二十九歳でも泣くんや（男も女も何歳でも泣くことを、私はこのあとの人生で学ぶことになる）。へええ。どうやって泣くん。なんか知んないけどさ、ずっと一緒にいたがって。ちょっとでも俺がひとりになりたいっていうと、グズグズ泣くんだよ。さみしいんだって。へえええ。かわいいやんか、一緒にいたりや。嫌だよ、あんな女と四六時中一緒にいたくないよ。付き合ってるのに何言うとんねん。好きちゃうんか。うーんわかんない。どうでもいい。そうかー。

　彼にふさわしい不思議な彼女ができる前、彼はよく飛田に通っていた。ソープやデリヘルではなく、わざわざ飛田に通っていたのは、彼の昭和趣味、大阪趣味のあらわれだったのだろう。飛田というところも不思議なところで、簡単にいうとそこは遊郭だが、売春は何十年も前に法律で禁止され日本中から消え去ったはずなのに、そこには残っている。飛田だけではなく、大阪市内には、もうひとつ九条に遊郭がある。そのほか、信太山や尼崎にも似たようなものがあるが、とにかく飛田の遊郭はほんとうに巨大で、何百軒という売春宿がひしめきあってずらりと並んでいる。どうしてこの街が消えずに残っているのかよくわからない。

彼はここにしょっちゅう通っていた。私も何度も誘われたが、金を払って女とセックスすることが申し訳なくて、金を払わなかったら俺なんかとしたくないだろうと思うと、なにかとてつもなく申し訳ないことをしているような気がして、いまにいたるまで一度もそういうところに行ったことがないのだが、飛田という街自体にはどこか魅かれるものがあり、彼といっしょによく冷やかして歩いていた。いまでもそうだが、当時もほんとうに若くて可愛い子がたくさんいて、普通にソープや風俗いけばもっと楽にもっと稼げるだろうに、いったいこの子たちはどういう経緯でここにいるんだろうと、そんなことを考えるとよけい客としては行く気にはならない。飛田のまわりには古い酒場やスナックがたくさんあって、そういうところにもよく行っていた。いま、同じところを歩いてみると、あいかわらず安い酒場が多いが、面白いことに釜ヶ崎から新世界あたりの小さなカウンターのカラオケ居酒屋は、中国人の女の子がたくさんいて、ある種の国際的なガールズバーのようになっている。生ビール一杯数百円で若い女の子に相手してもらえるから、地元のおっちゃんが大量に湧いて出てきて、カウンターで安酒を飲んでへべれけになって、だいたいは店の女の子に迷惑をかけている。グローバリゼーションはいつも下から起こるんだなあと思う。

その小説が私に不評だったせいかどうかはわからないが、途中から彼は落語家になりたいと言い出していた。どこまでも昭和なものが好きだったのだ。ちょっと弟子入りしたいひとがいて、東京帰ろうかなって思ってるんだよね。ああそうかー、さみしくなるな。それからしばらくして、そのときは私も遺跡の仕事を辞めていたと思うが、彼とも疎遠になっていた頃、久しぶりに電話がかかってきて、東京帰るよ、だから会おうよと言われた。いろいろあげたいものがあるんだよね。ひさしぶりに彼の狭いワンルームに行くと、もう荷造りをはじめていて、それまで古着屋や古道具屋や古本屋で集めた昭和のがらくたが大型ゴミとして捨てられようとしていた。何でも好きなもん持ってっていいよ、何でもあげるよ。おお、ありがとう。私は大量のゴミのなかから完全に揃った大月書店の『マルクス・エンゲルス選集』を救い出し、それをもらった。古本屋に売ればいくらかにはなっただろうが、彼はそれだけでいいの、もっと他のも持ってけよ、遠慮するなよ、と言ってくれた。彼女もいっしょに東京連れていくの？　いちおうそのつもり。このあたりの記憶があいまいなのだが、付き合い出してから彼女も着物を着るようになっていたような気がする。そして彼女も一緒に落語家をめざすことになったという話を聞いたような気がする。それから数日後、本当にいまから東京に帰る、いま新大阪だけど、ちょっとだけ会えない？　と電話がかかってきたけど、なんだか面倒くさくて照れくさくて、ごめんちょっとこれから用事やねん、と嘘をつくと、ええ、そうなんだーと、本当に残念そうな声だった。うん、ごめんなあ、元気でな。うん、岸くんも元気で。自分も頑張ってな、落語楽しみにしてるわ。それ以来彼とは一度も連絡を取ってない。電話もかかってこなかったし、私も彼の連絡先を知らない。彼の名前も忘れてしまったので検索もできない。彼は大阪に何をしに来たのだろうか。偶然の出会いで私と親友になったのだが、彼の人生のなかでそれはどういう意味があっただろう。彼はそれ以来、私の人生からは消えてしまったが、もちろん彼の人生が消えてしまったわけではなく、むしろ彼からすれば私のほうが人生から消えてしまった存在になっているはずである。私はそれからもずっと大阪で暮らして、結婚して、本籍も移し、家も建てた。よほどのことがないかぎり私はこれからも大阪で暮らし、大阪で死ぬだろう。彼は大阪まで来て、探していたものが見つかっただろうか。そしていまでも着物を着ているだろうか。大阪時代のことを、なつかしく思い出すことはあるだろうか。私のことを覚えているだろうか。私のことを思い出すこともあるだろうか。

## 我孫子町、一九九九年ごろ

一九九八年に結婚してから六、七年ほど、我孫子町という、大阪市の南の端の小さな街に、安アパートを借りて住んでいた。当時通っていた大阪市立大学の大学院がその近くにあったのだ。その街は大和川沿いにあり、川を越えると堺市で、そこは郊外で、大規模なマンション、古い団地、工場、広い国道、巨大なイオンモールがあった。川のこちらがわは、古い下町で、小さな長屋や文化住宅が並ぶ、静かな、老人ばかりの街だった。迷路のように曲がりくねった路地裏には、高齢者が使う椅子付きの乳母車や、猫や、繁殖する植木鉢や、錆びて読めなくなった道路標識や、どうしてつぶれないのか不思議なぐらい小さくて汚いパン屋や文房具屋、そういうものがたくさんあって、いつも連れあい（社会学者の齋藤直子。「おさい」と呼んでいる）とそのあたりを散歩していた。彼女はそのころ、関西にいくつかある、部落問題や人権問題を研究する研究所のひとつで専任の研究員をしていて、そのわずかな給料と、当時三十歳をすぎてもまだ大学院生だった私の奨学金、そしておさいの親からの仕送りなどを合わせて、なんとかかつかつの生活をしていた。街の近くには被差別部落があって、部落問題の研究者であるおさいは、フィールドワークとしてそこの青年部の集まりに毎週顔を出していた。大和川のむこうのきらびやかな巨大マンション群のなかに、友人の大学教員が住んでいて、川沿いを散歩すると、そのマンションの幸せそうな灯りが川面に反射して、きらきらと光っていた。いつもおさいと冗談で、ほらあれが専任教員が住むお城だよ、と言っていた。私が大学で職を得られるかどうかは何の保証もなかった。それどころか、自分自身では、おそらく専任の教員としてどこかの大学に拾われる可能性は、客観的にみてきわめて低いと思っていた。おさいの待遇も良いものとはとてもいえず、私たち二人の未来は真っ暗だった。

大学院の同期や後輩もたくさん、我孫子町や、その隣りの杉本町という街に住んでいた。あるとき、我孫子町に住んでいた大学院の後輩のCくんが、夜中にマンションのベランダでタバコを吸っていると、目の前の駐車場でヤンキーの一団がバットを持って一台のワンボックスカーをボコボコにしていた。彼は警察に通報した。しばらくしてから警察からあらためて彼に電話が入り、詳しいことを聞いたのだが、その電話口で刑事がずっと彼のことを「ボクは」「ボクは」と呼んでいた。あとからわかったのだが、刑事はCくんのことを中学生か高校生だと思っていたらしい。通報したときに「キミはこんな夜中に何をしとったんや」と聞かれ、「部屋で勉強していた」と答えたので、受験生だと思われたのだろう。また別の話だが、そのCくんがあるとき近所のカフェでコーヒーを飲んでいると、隣りに座ったヤンキーの女の子が壮絶なDVの話を当たり前のようにしていて、その子は二階のベランダから突き落とされたらしかった。

私の家の近所にもPという、ただの車庫を手作業で改装しただけの、半分屋台のような小さなバーがあって、そこにEちゃんという若い女の子がひとりでカウンターに入っていた。Eちゃんの彼氏は大阪の小さな中古車販売店の店員で、給料が安く休みも少ないので、なかなか結婚できないと言っていた。どっかに給料三十万ぐらいもらえる甲斐性のある男おらへんかなあ、そしたらほんまに楽になんのになあ、といつも言っていた。彼女は在日で、その近くに親と一緒に住んでいた。あるときEちゃんが家に帰ると、いまの彼の前に付き合っていて別れた男が、自分のおかんと一緒に飯を食っていたらしい。付き合っているときにおかんが気に入って、彼女と別れたあともなぜかその男の子はおかんと仲よくしていたのである。彼女は猫が好きで、捨て猫を見るとかならず拾っていた。Pという店の名前も、飼っていた黒猫の名前から取ったものだった。あるとき、うちにもすでにおはぎときなこという猫がいたのだが、いきなりEちゃんがうちのアパートの部屋を訪れて、そこで捨て猫を拾っちゃって、とか言って、小さな子猫を連れてきたことがあった。子猫といっしょに、お詫びなのかお礼なのか、箱に入ったロールケーキを持ってきたのだが、それはこの近所の寂れてつぶれかけた小さなケーキ屋で買ったもので、これまでに食べたケーキのなかでいちばん不味かった。無理やり子猫を押し付けられた私たちは、私の大学院の後輩に無理やりその子猫を押し付けたのだが、そのことで後々まで文句を言われた。Eちゃんのバーは、小さくて粗末だったが酒が安く、また彼女の話も面白かったので、しょっちゅう夫婦で行っていた。あるとき、夜中の一時か二時に、ぼんやりと店のテレビを見ながらハイボールを飲んでいると、Eちゃんの友だちの十八歳ぐらいの、近くのスナックにいるヤンキーの女の子が血だらけで入ってきた。びっくりして訳を聞くと、お客さんどうしで喧嘩になって、あいだに止めに入ったら、血が飛んでん。もう服どうしようもないわこれ。生ビールちょうだい。そのうちPは休みがちになり、いつのまにか完全に閉店していた。私の携帯にはまだEちゃんの電話番号が残っているが、連絡を取ったことはない。甲斐性のある男と結婚して幸せになっていたらいいと思う。

私たちが住んでいたアパートは、なぜかみんな知りあいで、よく近所付きあいをしていた。下の部屋に住んでいた家族の奥さんは、そのとき四十歳ぐらいで、介護の仕事か何かをしているらしかったが、いつも夜遅く帰ってきて、すぐには部屋に戻らず、アパートの入り口の郵便受けのところでしゃがみこんで、一時間ほども誰かと携帯で話し込んでいた。そうやって真っ暗な郵便受けの横にしゃがみこんで電話をかけているところを見て、ちゃんと話をしたことはなかったけど、当たり前だけどあの奥さんにも悩みがあり、つながりがあり、人生があるんやなと思っていた。

すぐ上の部屋に住んでいた家族は、小柄なかわいらしい奥さんが仕事をして家計を支えていたようだが、いつも夫婦げんかの大きな声が聞こえていた。けんかというより、旦那さんを一方的に非難していた。しかしあるとき近所で、夕暮れのなか、夫婦がふたりで手をつないで歩いている後ろ姿を遠くから見かけて、ああ、いつもけんかばかりしてるけど、愛しあっているんだなと、なんだか泣けてきた。

その隣りに住んでいた老夫婦の奥さんは、いつも丁寧でにこにこして、身ぎれいにして、一匹のシープドッグを飼って溺愛していたが、ある日突然亡くなった。お葬式にいくと、ひとりになった旦那さんが泣いていた。離れて住んでいる娘さんが来ていて、しばらくはひとりになった父の世話をするということだった。

そういえば、ぜんぜん関係ないけど、うちのアパートの話ではないが、近所に住んでいた友だちは、スナックで車椅子の高齢の女性がふたり、高齢の男性を取りあって、松葉杖で殴りあっているところを見たらしい。

そういう街だった。どの街にも、その街の人生がある。

住吉区には、小高い丘の上にある帝塚山という高級住宅地もあったけど、それ以外はぜんぶ起伏のない、平べったい、地べたの下町が広がっていて、急激に高齢化し、人口を減らしていた。もうこの街を離れて十数年になるが、たまに帰ると、そのたびに店がつぶれている。驚いたことに、杉本町駅前のマクドナルドさえ撤退している。

結婚してから七年ほどここに住んでいたあいだに、大阪の景気はどんどん悪くなっていて、ある日駅前の不動産屋のディスプレイに、同じアパートの別の部屋の広告が張り出されていて、私の部屋よりも家賃が二万円も安かった。その広告をデジカメで写真に撮り、ネットでいくつかの法律について詳しく調べたあとで、管理会社を通してアパートの所有者と二ヵ月かけて交渉し、結局家賃を二万五〇〇〇円も下げることに成功した。最後はお互いかなり強い調子のやりとりになったが、最終的には法律が味方して、こちらが勝った。しかし法律や判例があるからといって自動的に得をしたりはしない。世の中というものはひととひととのやり取りでできている。大阪というところは特にそうだろう。言わないと誰も助けてくれないし、言えば言ったでなんとかなるのが大阪なのかもしれない。内気なひとには損な街だ。

結婚して一年ほど経ったときに、職場のおさいから電話があって、子猫が捨てられているという。あかんで、そんなもん拾って帰ってきたらあかん。ここペット禁止だし(みんな飼っていたが)。彼女はしかたなくその場でエサをあげたりしていたが、あるとき、この子猫たちが処分されそうになって、結局連れて帰ることになった。彼女は二匹の子猫を、電車で大阪まで連れて帰ってきた。子猫たちを入れた職場の段ボールには、部落解放運動の象徴である荊冠旗が描かれていて、電車に乗ってる間中、箱の中から二匹の子猫の鳴き声が元気よく聞こえたらしい。ほかの乗客にとっては不思議な光景だっただろう。二匹の子猫はおはぎときなこと名付けられた。それから二十年近く、家族四人で暮らしてきた。きなこは二〇一七年末に十七歳で突然亡くなってしまったが、おはぎは十八歳になり、この文章を書いている二〇一九年の春も、まだまだ元気に、寝たり走ったりごはんを食べたりしている。

そのアパートの屋上はいつも開いていて、誰でも使ってよかったが、そんなところにわざわざ登っているひとは他に誰もいなかったので、毎日おはきな（おはぎときなこ）を連れて屋上で散歩させていた。散歩といっても、猫のことだから、ぱたんぱたんと何度か仰向けに転がったあとは、隅っこで座ってぼうっとしているだけだったが、毎日夜になるとおはきなと一緒に屋上にのぼって、周辺の街の灯りを見ながら、大学に就職できる見込みがないので死のうと思っていた。

そうしているうちに、非常に意外なことに、ある大手の私立大学に就職が決まり、さあ引越というその日、アパートを出るときにおさいが泣きだしたので、驚いた。私は毎日屋上で死ぬことばかり考えていて、お先真っ暗だった時代を過ごしたその街を出られることにせいせいしていたのだが、おさいはしきりにさみしいさみしいと言っていた。結婚してここで二人で暮らした日々が、彼女にとっては幸せだったのだ。その部屋の、おはきなが爪を研いでボロボロにした柱は、何種類ものサンドペーパーでじっくり磨いてオイルステインを塗ったら、元の状態よりもきれいになった。ほんとうに家族ぐるみでお付きあいした隣りの奥さんには、引っ越したあとも、何回か挨拶しに伺った。そういえば、おはぎは一度、三階のベランダから地面に落ちたことがあった。ケガひとつなかったが。

おはぎときなこを拾う少し前のこと、アパートの部屋に、空き巣が入った。私は三十歳で、紆余曲折を経て大学院の博士課程に入ったばかりだったが、いちおうそこから遠い山奥までいったところにある小さな短大で、非常勤講師をしていた。月曜一限から遠方まで電車で通うのは、特に真冬には辛かった。その冬の月曜日、午前中二コマの授業を終えて昼過ぎの遅い時間に帰ってきて、アパートの扉に鍵を差し入れ、回そうと思ったら、鍵を差し込んだままの扉がすうっと素直に手前に開いた。鍵が開いたままになっていたのだ。瞬時に、ああ、やられたと思った。家の中に入ると、まるでテレビドラマのように、すべての引き出しがひっくり返され、中身がぶちまけられていた。私は警察に電話したが、恐怖でうまく話すことができなかった。空き巣に入られて悔しいとか、いくら盗られたかとか、そういうことはまったく頭に浮かばなかった。自分がいないときに誰か知らない他人が家の中に入ってきたということがとにかく恐かった。生理的な恐怖感、不安感、嫌悪感しかなかったのだ。おさいの職場にも電話をした。彼女も驚き、仕事の途中だけどすぐに帰るわ、と言った。隣りや上下の階の家にも声をかけた。隣りの奥さんはほんとうにいいひとで、いちばん仲よくお付き合いしていた方だが、心配してくれて、その日のおかずを全部くれた。四人家族が食べるための、大皿に山盛りの天ぷらだった。私たち二人は一口も食べることができなかったが、とてもうれしかった。上の階に、悪いひとじゃないんだけどいかにも大阪のおばあちゃんがいて、にやにや笑いながら楽しそうに「なんぼ盗られたん？」と聞いてきた。そういえばそのおばあちゃん、おはきなのためにペットシーツを買ってきたら、紙おむつと勘違いして、「子ども生まれたんか？」と聞いてきて、おさいが後から泣いて怒っていた。

すぐに制服の警察官が二人と、すこし遅れて鑑識がひとり来た。鑑識はよくテレビドラマで見る「ぽんぽん」に、黒い粉をたくさん付けて、家の中のそこらじゅうをぽんぽんしていた。のちのちこの粉がいつまでも取れなくて掃除に苦労することになる。鑑識は「すみません、懐中電灯忘れちゃったので貸してくれませんか」と言った。ウチにもなかったので、私が書斎で使っていた小さなデスクスタンドを貸すと、アームや土台が邪魔になって、使いにくそうにしていたが、なんとかそれで指紋を取っていた。

置いてあった現金や通帳がすべて盗られていた。他にもいくつかのものが盗られていたが、貧乏暮らしだったのでたいした被害はなかった。なぜか私の上着やスポーツバッグも盗られていた。銀行に電話をして、口座を止めてもらおうとしたら、すでに預金は全額が引き出されていた。空き巣が入ってから私が帰宅してそのことに気付くまでに、かなりの時間が経っていたのだ。通帳と印鑑を一緒に保管していたので、空き巣にとっては幸運だった。銀行に行って被害届のようなものを出した。銀行はもちろん、どうもどうも、大変でしたね、お気の毒に、ウチには一切の責任はありません、という態度だった。防犯カメラに写った犯人の写真を見せてもらった。私の上着を着て私のバッグを持っていた。空き巣は廊下側にある私の書斎の窓から入ってきたようだった。いつもは施錠するのだが、その日に限って鍵をかけ忘れていた。

指紋を識別するために私とおさいも、十本の指のすべての指紋を取られた。そのほかいろいろ、事務的な手続きが膨大にあった。警察というところはお役所なんだなと思った。鑑識が終わると、やっと掃除ができた。とにかくぶちまけられたものを全部、もとあった場所に戻して、きれいに掃除をした。何も食べることができなかったが、とにかくその晩は寝た。次の日、事件を担当する私服の刑事が来た。背の低い、筋肉質の三十代の男で、スキンヘッドで迷彩のMA－1を着ていたが、しゃべると優しい男だった。新婚なんですけど、もう四ヵ月家に帰ってません、と言っていた。刑事に聞いたところによると、住吉区周辺でもう何十件も同じ手口による窃盗が相次いでいて、いま重点的に捜査をしているということだった。おそらくどれも同じ犯人だと思います。鍵をこじあけたり窓を割ったりせずに、たまたま開いている入り口を根気よく探して、そこから入るのだという。そうですか、そりゃ何百軒も見てまわったら、一軒ぐらい鍵をかけ忘れてる家もあるでしょうね。ウチみたいに。そうなんですよ、そういうことだと思います。住吉署まで行ってこの刑事さんに調書を取ってもらったが、文章はほとんどこの刑事が考えたものだった。刑事は最初から最後まで自分が書いた文章を私に見せると、この通りで間違いありませんね、と聞いた。はい、間違いありません、と私は答えるしかなかった。私はそこに印鑑を押した。こうして、私の事件は書類にまとめられ、ファイルに綴じられ、警察署のなかのどこかの部屋のどこかの棚に収められ、おそらくそれで事件は終わりだろうと思った。もう何十件も繰り返してきて捕まってないのなら、一生捕まることはないだろう。そう思っていたのだが、数週間ほどしてその同じ刑事から、高揚した声で、犯人を捕まえましたと電話があった。

Nというその男は、当時四十歳ぐらいで、妻と、小四の娘がいた。刑事の話によると、最初は小さな信用金庫で堅気の仕事をしていたが、リストラされて首になり、そのことを妻に告げる勇気がなく、毎朝妻が作った弁当を持って家を出て、公園でそれを食べると、スーツ姿のまま空き巣を繰り返して、盗んだ金を給料として渡していたということだった。空き巣にも人生があった。その頃にはすでに大阪の景気はどん底で、信用金庫のような堅いところに勤めていてもリストラされることがあるんだなと思った。

そのあとまたしばらくして今度は捕まったNの代理人の弁護士から連絡があった。ぜひ話をしたいから、家に行きたいということだった。嫌悪感や恐怖感、屈辱感よりも好奇心が勝って、私は了解した。当日になって、スーツ姿のずんぐりした弁護士と、同じくスーツ姿のずんぐりしたおばちゃんが来た。ウチのリビングのソファに座ってもらうと、手みやげの菓子折りを差し出し、事情を話し出した。弁護士は一見弁護士に見えないような人の良さそうな、実直そうなひとで、国選か何かだろうか。もうひとりのずんぐりしたおっさんは、Nの兄だと名乗った。おばちゃんはNの妻で、逮捕後に娘のことを考えて離婚をしたということだった。兄はその当時五十歳ぐらいの、ほんとうにふつうのそのへんにいるおっさんで、土下座をして泣いて詫びた。堺で小さな鉄工所を経営しているらしかった。弟は昔からいいかげんな奴で、やっと入った信金も首になって、そのうえこんな事件まで起こして。ほんまに岸さんには申し訳ありませんでした。しょうもない、最低のバカですが、私ら家族が一生懸命更生させますよってに。嫁も娘のために離婚はしましたが、もちろん見捨てることはしません、これからずっとあのバカの面倒をみさしてもらいます。もう二度と人の道を外れるようなことはさせません。ほんとうに岸さんには何とお詫びしたらええか。警察のほうから、こんかいの被害額、五十万円と聞きました。家族親戚、知り合いのところからかき集めましたんで、受け取ってもらえへんかもしれませんが、どうかお願いですから、これ受け取ってもらえませんやろか。もちろんこれで許してもらおとかそういうことは考えておりません。

兄が差し出したのは、封筒に入った五十枚の一万円札で、たしかにいろんなところからかき集めたのだろう、しわくちゃな札も混じっていた。私はその金を受け取った。すると弁護士が、そのお金とはまた別の話で、と切り出して、減刑嘆願書にサインしてくれ、と言った。今回の一連の窃盗事件は私の被害をメインに立件することになっていて、その私がもし減刑嘆願書にサインすれば、効果が高いということだった。私は迷ったが、兄や元妻のような家族のサポートがあれば、更生してくれるだろうと、その書類にサインした。涙ぐみながら真剣に謝る兄の姿をみて、ほろりとしたのも事実だった。おさいも同じ考えだった。

友人からの電話で初めて知ったのだが、そのすぐ後に、ある夕刊紙で、堂々と私の実名入りでこの事件が報道されていた。他にもいくつかの新聞に載ったようで、全国の研究仲間から、お見舞いや激励や励ましや冷やかしや面白半分のメールや電話が来た。その後担当刑事に会ったときに、どうして実名で報道させたんだと強い調子でつめよった。そしたら逆に、減刑嘆願書にサインしたやろ、あれでほんまに執行猶予になるかもしれへんでと叱られた。

たとえ被害者本人でも裁判の日程を教えてくれることはない。しかたないから自分で調べて、数ヵ月後に大阪地裁まで出かけていった。生まれて初めて法廷に入った。大学でいえば三十人教室ぐらいの小さな部屋だったが、テレビドラマで見たようなそれっぽい判事席があり、その両側に検事と弁護士の席があった。私は傍聴席に座った。観客は私ひとりだった。裁判が始まり、奥の小さなドアから、腰縄を付けられ、両手を縛られたNが係官に連れられて出てきた。そのときはじめて彼の顔を見た。若いころのさだまさしに似てると思った。色白で痩せていて真面目そうで、とても何十軒と空き巣を繰り返した犯人には見えなかった。裁判が始まり、検事の話を聞いて私は、まいった、やられたと思った。Nは再犯だったのである。

兄と元妻と弁護士が連れ立って私の家に来て、減刑嘆願書にサインさせたとき、そんな話は一切聞かなかった。私は騙されていたのだ。何が更生やねん、二回めやんけ。私は悔しいと思うと同時に、不思議と痛快な、なにかとても面白いものを見ているような、複雑な気分だった。嘆願書を取り下げようとも思ったが、もう事件は私の手を離れていて、いまから検事に連絡を取ってどうのこうのというのも面倒くさくて、実際にお金は弁償してもらったし、あのとき兄も元妻も本心から謝っていたように思えたので、もうどうでもええわ、と思って、それからは裁判もフォローしていないし、判決がどうなったのかも知らない。ただ、不思議な偶然で短期間にいろんな人に出会った記憶だけが残った。

　信金を首になったことを妻に告げられずに空き巣になったNと、離婚したあとも世話をすると言っていたその妻。小四だった娘はいまごろ三十歳ぐらいになっているだろう。兄の鉄工所はその後長く続いた不景気を乗り切っただろうか。弁護士はいまでも大阪で、こんな小さな事件を手がけているだろうか。新婚だったスキンヘッドの刑事は、その後結婚生活を維持することができただろうか。あの鑑識はあのあとも道具を忘れたりしているだろうか。いまでもおさいとよく話をするのは、あれがおはぎときなこを拾う前でよかった、ということだ。

# 北新地、一九八九年ごろ

もういちど大阪にバブルが来ればいいと思う。多少地価や物価が上昇しても、デフレがこの二十年以上ものあいだ、日本社会や大阪という街に回復不能なほどのダメージを与えてきたのを目の当たりにしているので、景気というものはそれは悪いよりは良いほうがいいのだ、ということを、肌で実感しているのだ。私は一九八七年から九一年のあいだ学生で、それはちょうどバブルのど真ん中だったが、貧乏学生だったので、派手な生活とは無縁だった。噂に聞いていたドンペリというものも飲んだこともないし(当時だけでなくいまだに飲んだことがないが)、特に豪華なものを食っていい思いをしたこともない。ただ、私が九〇年ごろから九二年ごろまで、まがりなりにもウッドベースを弾いてなにがしかの金を得ていたのは、才能があったからではなく、要するに景気が良かったからである。景気が良いということは、そういうことをしても暮らせるということだ。バブルぐらいまでは、大阪という街にも、貧しいながらもそういう勢いがあったのだと思う。音楽やアートで飯が食える街だったのである。

もともと小学生ぐらいのときからジャズが好きだったが、誰も教えてくれるひともいなくて、ラジオでかかっているのを誰の演奏とも知らずにテープに録音して繰り返し聴いていた。高校になってジャズ喫茶に通うようになって、たまに子どものころに記憶したフレーズがかかると興奮して、そうかこれはウィントン・ケリーっていうひとのピアノだったのか、これはエリック・ドルフィーっていうひとのフルートだったのかと、そうやってひとつひとつ自分で覚えていった。だが高校のときは自分でジャズができるはずだとも思えなくて、まわりに合わせてロックバンドを組んでいた。大阪に来て大学に入って本格的にジャズを始め、一回生のおわりにウッドベースを買い、二回生になってすぐ仲間とジャズ研究会というサークルをつくった。このサークルはいまだに元気よく活動を続けている。そのころ関西ではナンバーワンといわれていたベースの北川潔氏と出会い、弟子にしてもらった。その神がかったベースにすぐに夢中になり、何度も何度も演奏を聴きに行った。北川さんは当時三十歳ぐらいで、ハタチそこそこの私たちとなぜか毎日のように一緒に酒を飲んで楽器を弾いて遊んでいたが、すぐにニューヨークへ行くと言い出し、私たちが三回生になるころに本当に行ってしまった。ニューヨークへ行って半年後ぐらいに北川さんから国際電話があって、ヴィレッジヴァンガードに出演することになったと、嬉しそうに言った。ハーパーブラザーズというストレートアヘッドなジャズのバンドで、これはCDにもなっている。私たちジャズ研の連中は心から喜んだ。わずか半年でそこまで上り詰めたことには驚いたが、不思議に思うものはいなかった。当然だと思った。私たちが大阪の場末で聴いていた北川さんのベースは、そのころにはすでにニューヨークでも通用するレベルだったということを、私たちみんながわかっていたのだ。北川さんはいまではニューヨークでもトップレベルの演奏家になっている。何年かに一度、来日したときにコンサートを聴きにいって、そのときに楽屋裏などで五分ぐらい立ち話をする。若いときに出会った北川さんの、音楽に対する情熱や真摯な態度は、私の人生を根底から変えてしまった。

最初にジャズを演奏してギャラを貰ったのは二回生の夏ごろだったと記憶しているが、大学に入ってすぐ私はバーテンのアルバイトも始めていて、大阪の夜の世界にすでに慣れ親しんでいた。高校のときにはもうバブル景気が始まっていて、生意気なガキだった私は、名古屋の盛り場のカフェバーやディスコ（いまでいうクラブのことを昔はこう呼んだ）を飲み歩いていた。大阪に来てすぐに、梅田のお初天神にあるチークトゥチークというバーでバーテンのバイトを始めた。ここは若くてきれいな女の子がたくさんいて、キャバクラの走りみたいな感じだったが、店のコンセプトは、あくまでもジャズが流れる静かで上品なショットバーということになっていた。女の子はフロアの方にいて、私はカウンターのほうで客の相手をしていた。あるときたまたま神戸の大学に進学した高校時代の友人が、見たこともないような美人の女の子を連れて店に入ってきた。偶然の出会いに驚き喜んでしばらく話をして、お互いの連絡先を交換すると、なぜか数日たってその女の子から私に電話があって、友人には申し訳なかったが、そのまま付き合うことになった。しかし彼女はなかなかにエキセントリックな子で、振り回されて、二週間ともたなかった。

客がいないときに、薄暗く照明を落としたおしゃれなバーのカウンターのなかで、有線で好きなジャズをかけながらグラスを磨いていると、ああ俺は大阪の梅田のお初天神でバーテンをしてるんだと、うれしくなった。大阪やで。お初天神やで。すごいやん。大阪に来てから二ヵ月ぐらいでほぼ大阪弁をマスターして、なるべく自分の頭

奇心に負けて席につき、ビールを注いで乾杯して、愛想をふりまいた。若造がしきりに、すごいねえ、かっこいいねえと言う。ジャズミュージシャンなの？　あー、いえ、ほんとは学生なんです。ちょっと副業でこういうこともやってまして。ええええ。そうなの、学生なの。すごいねえ。すごいねえ。どうしてそんなにすごいすごいと言うのかわからなかったが、私もにこにこして話を聞いた。ところで大学はどこなの。あ、関西大学です。へええ！　すごいねえ！　関大か！　あの関大か。すごいねえ。いやいや、ぜんぜんすごいことはないですよ、普通のとこです。いやあすごいよ。すごいねえ。すごいすごい。あの関大か。すごいねえ。あの関大か。あのアホの関大。「客の側」に立った人間が「店の側」に立つ人間に対してどういう態度を取るか、ということを、私はこのとき学んだ。へええ。あのアホの関大か。ボクなんか京大。ねえ課長！　ウチの会社は、関大なんか、コピー取りもできませんよね。京大、阪大、神大あたりじゃないと。へええ、アホの関大ね。すごいねえ。若造の両脇にいる、恰幅のよい、遊び慣れてそうなおっさんは、苦りきった顔で若造を見ていた。おそらく自分の上司と二人で、取引先を接待していたのだろう。「会社の金で新地で接待」ということに舞い上がっていたのだ。私は最後までにこにこして、そうなんですよ、もうアホばっかりで。お客さん京大なんですか、すごいですねえと相手をしていたが、店長が「岸くんもうそこまでしなくてもいいよ」と言ってくれた。私はいま大学の教授という仕事をしていて、研究仲間には京大出身者が多いのだが、この話をするといつも嫌な顔をされる。ところでこの三人がどうなったかというと、面白かったのが、店でもいちばんきれいな女の子を店長が裏に呼んで、おまえあの三人とアフター行けや、と指令を出していた。私の知ってるとこがあるから言うてな、タクシーでミナミの〇〇〇〇行け。おっけー了解ですー。そこは実は系列店で、それと知らずに三人はまたそこでも莫大な金をぼったくられることになったに違いない。どうせ会社の金だろうが。それにしてもあの若造、バブル入社組だといまごろは五十代なかばぐらいになっているはずだ。いまごろどうしてるだろうか。

バーテンのバイトも、いくつか店をかわりながら、なんとなくダラダラと続けていたが、ある店でトラブルになり、それからは止めてしまった。堂山に小さな三階建てのビルを親から相続した、いかにもバブルな感じのおっさんが、私に店を任せて遊び歩いていたが、私にかわってから常連がみな離れていって、私もただのアルバイトだから客を集めようという気もなく、暇になった店に友だちを呼んで店の酒をタダで飲ませていた。他にもその店でいろいろあって、私は首になった。いまでも堂山から中崎町までの道をよく歩くので、このビルの前もよく通るが、何度も店が入れ替わっている。あのおっさんがいまだにオーナーなのかどうかはわからない。ビルを相続したのは正確にいえばおっさんの奥さんで、このひとはビルの一階で喫茶店をしていたが、とてもよいひとだった。中学生の息子の勉強を見てあげたこともある。おっさんは財産めあてにこの奥さんと結婚したそのへんのチンピラだったようだ。あんな不細工なおばはんよりも若いねえちゃんと遊びたいねんと、いつも三階の私のバーに来てはそう陰口を言っていた。何人か親しくなった常連客もいたが、みんなどこに行ってしまったのだろうか。いや、どこにも行っていなくて、その人たちにはその人たちの人生が、私と違うところで続いているというだけのことなのだが。あの中学生だった息子は元気だろうか。

三回生になるとジャズの仕事がかなり忙しくなった。だいだい一晩で、三十〜四十分のステージを三回やって、一万円ぐらいの固定ギャラをもらっていた。これを週に三、四日やっていて、月に十万ぐらいの稼ぎになっていた。それと仕送りを合わせて、普通の社会人なみの収入にはなっていたが、ギャラはほとんど全部その日のうちに酒に変わっていた。真面目な女の子と真面目に付き合ってもいたが、毎晩のようにミナミを朝まで飲み歩いていた。始発で下宿に帰り、数時間寝て、そのあと大学へ行って授業にも出ずにベースの練習をしていた。大学時代を通じてほとんど授業に出た記憶がない。だからいまだに大学での授業をどうやってやればよいのかわからない。

「トラ」というのは、おそらくエキストラという意味だと思うが、レギュラー（「ハコ」という）で入っているプロのベースのひとが、ダブルブッキングや急用などで行けないときに、急遽かわりに弾きにいく、という意味である。二回生のときはこういうトラの仕事を他のプロのベーシストからよくもらっていたが、三回生の後半ぐらいになると、自分のハコの仕事をもらえるようになっていた。毎週金曜日の神戸のサテンドール、毎週土曜日の梅田のドンショップが私のレギュラーの仕事だった。サテンドールでは一万円もらっていたが、ドンショップは六〇〇〇円で、ミュージシャンのあいだでも安い安いと評判だった。いまでは固定ギャラという制度もなくなり、完全にチャージバックになったので、客が数人だとミュージシャンの手取りは一〇〇〇円以下ということもある。ドンショップは朝までやっていて、芸能人や有名な外タレがよく飲みに来ていた。関西のお笑い芸人もここでよく会った。ある夜、ピアノトリオで演奏していると、今いくよ・くるよの二人が入ってきた。譜面にサインをもらおうと思って、休憩時間に席に近寄ると、二人は何やらものすごく真面目な顔で話し込んでいて、真面目な顔で話しているいくよ・くるよはとても恐かったので、そのままUターンして控え席に戻った。ここで一緒に演奏していたドラマーが、ボサノバが好きなひとで、おまえのボサノバのベースはぜんぜんなっとらんと叱られ、悔しかったので言われた通りのことを延々と練習して次の週に演奏したら、にこにこ笑って褒めてくれた。彼は当時四十代後半から五十ぐらいで、ハタチそこそこの私とも対等に付き合ってくれた。大学を卒業してしばらくしてから、本格的に研究の道に入り、私はジャズを止めてしまった。それから二十年以上経って、数年前にまた再開したのだが、そのときある店で彼に再会したときに、私のことをよく覚えていてくれたのは本当にうれしかった。七十歳は過ぎていると思うが、いまでも真夜中にふらりといきつけのバーやジャムセッション会場に現れ、ジンジャーエールを一杯だけ飲んで帰る。彼は酒がまったく飲めないのである。

他にもいろいろなことがあったが、四回生の終わりになって、自分に音楽の才能がないことをはっきりと自覚し、きっぱり止めようと思っていた。実際には卒業してからもしばらく音楽をしていたが、そのうち本当に止めてしまった。それから二十年が経ち、関西のジャズ業界からまったく離れているうちに、いつのまにか私は大学に職を得ることができて、経済的にも安定してきたので、また趣味として再開しようかなと思って、実に二十年ぶりに楽器を練習しだしたり店に顔を出すようになったりして驚いたのが、業界の金の流れが様変わりしていたということだ。週に三日も演奏すれば月に十万ぐらいになっていた夢のような時代はとっくに過ぎ去り、いまではピアノトリオとボーカルの合計四人のメンバーの演奏に客が二名、ということも珍しくなくなって、ミュージシャンへのギャラも完全なチャージバックの出来高制になっていた。固定ギャラの店などもうどこにもない。バブルのときはまだ、彼女を連れてジャズの生演奏の店に行くということが、なにかちょっと背伸びした、大人のかっこいい遊びだったのだが、今ではもうそんな文化は絶滅した。ジャズを演奏する人たちはあいかわらずいて、各大学の軽音やジャズ研も盛んに活動しているけど、ジャズに限らず、いまという時代は、自己表現をしたいひとはたくさんいるけど、ひとのそれを聞きたい、見たいというひとはほとんどいない。結局どうなっているかというと、関西のジャズの店で生き残っているところは、その多くがジャムセッションで金を稼ぐようになっている。つまり、客ではなく、演奏する側から金を取っているのである。普段のライブの日はガラガラで、セッションのときになると人前で演奏したがる私のようなおっさんで満席になる、というのが、いまの関西の普通の光景だ。しかし考えてみると、たとえば演歌という世界もすでに何十年も前から、歌手が客から金を取るのではなく、カラオケ教室を開いて発表会をすることでそこで歌いたいひとから金を取るようになっている。もっとよく考えると、そもそも民謡や日舞の伝統芸能の世界は、はじめから客ではなく弟子から金を集めるようになっている。文化というものはもともと、「やりたい奴から金を取る」のが当たり前だったのかもしれない。戦後のアメリカ的な大衆文化のコピーとしての「客から金を取るシステム」の方が、歴史的に見ればば例外的な状況だったのかもしれないのだ。いずれにせよ、大阪という街にしっかりと根付いていたジャズという文化が、バブルからデフレへいたる二十年のあいだに様変わりしたところを私は目の当たりにした。大阪という街に変わらず根付く文化と、時代によって移り変わる文化。文化にもいろいろあるだろう。しかしやっぱり私は、週に三晩もベースを弾けば飯を食っていけた時代が懐かしく、またバブルが来ないかなと思っている。

## 千里ニュータウン、一九八七年から現在

自分の住んでいる街が嫌いで、しかしみんなと同じように東京に行くのがなんとなくださいなあと思っていて、だから関西の大学をいくつか受験した。かろうじてそのうちの関西大学だけ合格し、迷わず大阪に来た。家出ではないがそれは「街出」だったのだと思う。関大は、もっとも大阪らしい、庶民的な大学だ。実際に当時はアホの関大と言われていた。いまではなぜか信じられないくらい偏差値があがり、雰囲気も激変しているらしいが、当時は大学の生協の売店にビールがたくさん並んでいて、朝大学にいくと授業に出ずにまずここでビールを買って「一グラ」（第一グラウンド）と呼ばれていた段々畑のようなところで座って飲んでいた。そしてその日一日を無駄にしていた。

関西大学があるのは吹田市というところで、大阪市内も北のほうは豊かで南は貧しいという「南北問題」があるが、吹田市にもそれがある。関大がある北のほうは千里ニュータウンと高級住宅地で、南のほうは神崎川沿いにそのまま尼崎にまでつながる下町の工場街がひろがっている。大学を卒業してすぐに自転車で通っていた建設労働の飯場も、吹田市のいちばん南の端にあった。大阪市の北の端である東淀川区の淡路というところから、阪急千里線に乗り、その名も「関大前」という駅までまっすぐに北上すると、吹田駅あたりから風景が一変する。吹田駅の次の豊津駅から関大前駅までは、線路は用水路沿いに進んで見晴らしがよい。線路の西側はずっと高級住宅地になっていて、見たこともないような立派な家が並んでいる。ちょうど関大前駅が、千里ニュータウンの南の玄関口みたいになっているのだ。

大学としては大したところではないけども、自分の生まれた荒れ地のようなところから離脱して着地したのが関大前という街で、駅から大学までの学生街も賑やかで、晴れやかな気持ちでいっぱいで、だからいまだに関大のあたりで桜が咲いているのを見るとそわそわする。あの、誰でもない、何も持ってない、何もできない、ただ時間だけがある感覚が、決してそこに帰りたくはないが、懐かしい。大学に入ったからといってもちろん真面目に単位を取る気もなく、はやく音楽がしたくてうずうずしていた。毎日好きなレコードやCDを聴いて、楽器を演奏して、ジャズ喫茶に通って、毎日好きな本を徹夜して読んでいた。賑やかな関大前という街には、なにかこう、疎開地のような、バザールのような、治外法権のような、人を躁病のようにする雰囲気があった。なにか、人とちがうことをしてもよい、好きなことだけをしてもよい、嫌なことはしなくてもよい、そうやって人をそそのかす空気があった。この「土地の精霊」のおかげで、せっかく関大に入ったのに、徹底的にダメな人間になってしまうやつもたくさんいた。私も当然そのうちのひとりだろう。私は関大という、どうしようもなく世俗的な大学と、その周りの世俗的な街を気に入っていた。

だが私はほんとうは、関大前の学生街の喧噪よりも、そのひとつ北側にひろがる昭和の高級住宅地に、ひそかに片思いをしていた。

思春期のときにもっとも影響を受けた文学作品はと聞かれたら、ドストエフスキーとかバタイユとか中井久夫とか、そういうかっこいい作品を出したいのだが、これはひとに言うのがなんとなくかっこわるくて恥ずかしくて、ほとんど誰にも言ってないのだが、私が十代のときにもっとも影響を受けたのは、小松左京の「少女を憎む」という短編だった。小学校にあがる前からそこそこ本を読んではいたけど、いま研究者としてちゃんと仕事をしている方がたに比べると、私の読書量はほんとうに貧弱で、ほとんど何も読んでないに等しいのだが、十代のころにほんのすこし読んだ本のなかで、いまにいたるまでずっと私に影響を与え、私の人格のもっとも深いところをかたちづくったのが、この「少女を憎む」というとても短い作品である。

それは、中学生の主人公が、戦時中と戦後の荒んだ時代に、ふとしたことで出会ったひとりの少女のことを描いた作品で、小松の自伝的小説である。抑圧的なファシズムの社会のなかで、主人公の少年が、ひとりの屈託のない、生き生きとした少女と出会うことで、彼の気持ちが、ほんのすこしだけ穏やかになる。しかしその物語は、最後には考えられるかぎりもっとも陰惨な結末をむかえる。この短編はほんとうに暗い、救いのない、凄惨な作品だが、奇妙なことに私は、そこから「肯定的なもの」に対する肯定」、あるいはもっと単純にいえば「希望」のようなものを受け取った。これほど絶望的な終わり方をする作品から、こんなものを受け取るのはおかしいのだが、それでもそれが最後に悲惨な結末を迎えるからこそ、前半のかすかな、ほんとうにかすかな「健康的なもの」「肯定的なもの」との断片的な出会いが、より際立ってみえた。

私は子どものときに犬を飼っていて、その犬ととても仲が良かった。私たちは心から愛しあっていたと思う。私は彼女から、生きているものの体温とか、匂いとか、感情とか、世話することの面倒くささとか、そういうものがどれくらい大切なものかを教えてもらった。それは自分の人生に何も利益をもたらさない、何の役にも立たないものだが、私は彼女の存在を通じて、この世界にはなにか温かいもの、うれしいもの、楽しいもの、好きなものがどこかに存在するのだということを教わった。それは誰にも伝えてない、自分でさえ気付かなかったことだが、この気持ちを、小松左京のこのまったく有名ではない短編小説から、肯定してもらった気がした。それが暗いエンディングだったことにもまったく違和感はなかった。その物語が悲しい終わり方をする、ということと、それにもかかわらずいつか、ただ美しいものを美しいと言うことが許される瞬間がくるかもしれない、ということとは、まったく矛盾しなかった。むしろそれが陰惨な終わり方をするということによって、より強く、肯定的なものを肯定された気がしたのである。

自分が生まれた小さな街の、真っ暗なじめじめした穴のようなところからやっと抜けでて大阪にたどり着いて、桜が咲いていて、関大前は賑やかなところで、かぎりない自由を体中で感じていた私にとって、吹田というところは、とくに関大周辺のニュータウンや高級住宅地は、とても「肯定的」な街だった。結局は仕事も家も、そういうきれいで明るいところではなく、もっとごみごみとした下町から離れられずに一生を終えそうで、関大前あたりのニュータウンと高級住宅地を「自分のもの」にはおそらく一生できないまま終わりそうだが、あの桜と、自由の感覚と、陽の当たる高級住宅地はすべて私のなかでつながっていて、私の人格の肯定的な部分の中心にずっとある。子どものときに飼っていたその犬は、私が大学一回生の夏に死んだ。最期まで私ひとりで世話をした。当時、その犬といっしょに飼っていた黒猫もいて、彼女もかなり長生きをしていたが、私が結婚するとすぐに死んだ。

関大前の北からずっと高級住宅地がひろがっていることに気付いたのは、前節で書いた、バーで知り合った二週間だけの彼女の下宿に行ったときだった。その頃の日本はバブル景気で、学生の下宿も、それまでの木賃アパートから、風呂トイレ付きのワンルームマンションが主流になっていた。ワンルームというものは、いまからは想像もつかないが、当時はなにか豊かな、清潔な、都市的な、自由な、好ましいものだったのだ。いま、大阪の上新庄で、南田辺で、大国町で、住之江で、平野で、西淀川で、膨大な数のワンルームマンションが老朽化し、朽ち果てようとしている。これがピカピカにみえた時代があったということは、いまの若い人びとには信じられないだろう。彼女は関大のすぐ北側、千里山駅に向かう途中のワンルームに住んでいた。付き合っている二週間のあいだに、一回か二回ぐらいしか行けなかったのだが、そのマンションの周辺には、縁側があって庭にきれいに剪定された松の木がはえているような昭和の邸宅がたくさんあった。ああ関大のまわりはこういう街がひろがっているのかと、そのとき知った。

大学の四年間はいろいろなことをした。膨大な量の音楽を聴き、本を読み、酒を飲み、ゲロを吐き、たくさんの女の子と付き合い、いろんなバカなことをしたが、その四年間のなかでもっとも良い思い出、美しい記憶になっているのは、わずか三十分の散歩である。四回生ぐらいになっていたと思うが、ジャズ研の岡田というやつとがんちゃんというやつと三人で、関大前からすこし千里山のほうにいった喫茶店で昼飯を食ったあと、誰が言うともなくなんとなくぶらぶらと北のほうに歩いていった。初夏の、とても天気のよい日で、みんな気持ちがよかったのだろう。すこし歩くと、そういうニュータウンによくある小さな公園があって、なんとなくそこのベンチに三人で座った。公園の横に大きな給水塔があったことを覚えている。そこで座って、とくになにも喋らず、ただ黙って三人で座って、日ざしを浴びていた。私はいまだに何度も何度もこの情景を思い出す。静かで、穏やかで、明るく、暖かい気分になる。それなりにいろいろなことがあって、自暴自棄になり荒れ果てていた学生生活のなかで、奇跡的に訪れた、二度と味わえない、自由と平穏の三十分だった。それが私にとっての吹田だ。

一回生の終わりごろ、すでに留年しそうになっていて、冬の寒い朝、一限の必修の語学の授業に出るために、阪急の千里線に乗っていた。一限からの授業は意外に多くて、ほとんどサボっていたが、後期の終わりごろになると私のような切羽詰まった学生たちで電車は一杯になっていた。かなりの満員電車で、淡路からわずか十分か十五分のことなのだが、私は心底耐えきれなくなって、関大前に着いた電車から降りなかった。ぎゅうぎゅうに乗っていた学生たちはみんな関大前で降りていく。私はほとんど誰もいなくなった電車のなかにひとりだけ残り、孤独だが痛快な気分を味わっていた。

電車は関大前を過ぎ、千里山、南千里と駅が続く。私はそのまま電車に乗り続け、このあとどうしようかとわくわくしていた。山田という駅に着いて、なんとなくそこで電車を降りてみた。改札を出ると、周辺地図が掲示してあった。そこに「万博公園」というものが描かれていた。博物館や図書館もそのなかにあるらしい。どんなところかまったく知らなかったけど、その文化的な名前に惹かれて、そこへ行ってみようと思った。ニュータウンの団地やマンションの、きれいに整備された道をひとりで歩いていった。そこは当時下宿していた上新庄の下町や、関大前の学生街、そしてそのまわりの高級住宅地ともちがう、人工的な、おとぎ話のなかに出てくるような、さみしくて清潔で明るい街で、とつぜん授業をサボって行き当たりばったりに降りた駅から、十二月のとても寒い朝にそういうところを歩いていることが嬉しくて誇らしくて、私は誰にともなくざまあみろと思った。高速道路のような広い周回道路を渡ると、万博公園の西口にたどりついた。ゲートまでの道は、公園に入る前からもう、小さな森のようになっていた。森のなかを歩いていくと、小さな券売機があって、そこで一〇〇円の入場券を買い、小さな改札で係のひとに手渡すと（こんなところで働く人生もあるんやなあと思った）、ゲートをくぐって中に入った。小さな橋を渡ると、石が敷き詰められた広い通りがあって、その両側に、大きな樹がずらりと植えられている。真冬の冷たい空気を吸い込んで、その通りの真ん中を歩いていくと噴水があって、寒くて誰もいないのに、水が噴き上がっていた。そしてその向こうに、まるで地平線のような、それまで見たこともないぐらい広い広い草原が広がっていた。私は着ていた白いダッフルコートのポケットに両手をつっこみ、そこに突っ立ったまま、いつまでもその草原を眺めていた。それから私は万博公園に夢中になり、そのなかにある民族学博物館や児童文学館に、何度も何度もひとりで通った。民博を通じて文化人類学や社会学の本を大量に読み、児童文学館ではファンタジー小説を読み耽った。ハードカバーの『指輪物語』六冊を借りて、下宿に大量の食べ物を買い込んで、電話の線を抜き（当時はまだ携帯電話もインターネットもなかった）、誰にも会わずにただひたすら、一週間ぐらいかけてゆっくりゆっくり読んだ。ああいう読書は、もう二度とできない。

あのとき、こんな満員電車は嫌や、もう留年してもええわ、と思わなかったら、万博公園とあんなに印象的な出会い方をしてなかっただろうし、そのあとの人生も大きく変わっていただろう。高校のときから社会学か音楽かどちらかで生きていこうとは決めていたから、社会学者にはなっていたとは思うが、フィールドワークを中心とするいまのスタイルの研究者にはならなかっただろう。何かのタイミングがたくさん重なって、ひとは知らない街にやってきたり、友人と静かな散歩をしたり、真冬に誰もいない万博公園でいつまでも森を眺めたりすることがある。ふだんどれだけ荒んだ、腐った、暗い穴の底のようなところで暮らしていても、偶然が重なって、なにか自分というものが圧倒的に肯定される瞬間が来る。私はそれが誰にでもあると信じている。

万博公園というのは、私にとっての「吹田的なもの」のイメージの中心に、つまりあの静かな陽の当たる公園や、高級住宅地や、狂騒的な学生街というものの集まりの、その中心にあるのだが、実は地理的にも本当に、吹田市北部のニュータウンや住宅地の中心にあって、そもそも吹田がそういう場所になったきっかけでもある。いうまでもなくそれは、一九七〇年の大阪万博をきっかけとして急激に拡大した街なのだ。それまで吹田や千里山はただの竹やぶが広がった、荒れ果てたところだったらしい。そこに電車が通り、高速道路ができ、新御堂筋で大阪市中心部と直接つながり、土地が買い占められ、転売され、団地が建設され、住宅地が造成されたのだ。

いま、千里山の団地群は老朽化し、順番に解体され建て替えられている。だが、六〇年代や七〇年代にはそれは、都会的なもの、近代的なもの、豊かで清潔で、新しい時代の新しい核家族の生活を体現するものだった。ちょうど八〇年代にはワンルームマンションが、都会にやってくる単身の若者たちの夢を体現するものだったのと同じように。吹田という街は、高度成長期に日本が見た夢の街である。それは、私が大学生活をすごした一九九〇年前後になっても古びることはなく、そしていまでも、その光を保っている。バブルのときに私たちが見たワンルームの夢は、いまではすっかり古びてしまったけれども、千里ニュータウンの、見晴らしがよく日当りのよい街並みは、住民たちと一緒に静かに歳をとりながら、いまでも一九七〇年代に見た夢を見続けているのだ。

　私はいまでも児童文学館の様子をよく覚えている。一階には開放的な開架室があり、誰でも自由に世界中の児童文学やファンタジーや絵本を手に取ることができる。部屋のあちこちのスペースで、思い思いの絵本を親が子に読み聞かせたり、夢中になってそれを読んだりしている。一階にあったカフェはなぜかレゲエが流れていて、メニューにはラスタカラーが描かれていた。二階には研究者むけのブースがあり、一流の司書がいて、世界中から研究者を招いたカンファレンスがよくおこなわれていた。私は児童文学の研究者ではなかったが、学生のときによくここで論文や研究書を読んだりしていた。建物の外には人工の湖や、草原や、森があって、遠くに小さく太陽の塔が見えていた。

　小松左京や岡本太郎が見た夢は、太陽の塔として、万博公園として、そして吹田という街として、九〇年代にもまだそこに存在していた。そしていまもまだそこにある。

私は小松左京に二度救われたことになる。一度めは「少女を憎む」という短編によって、そして二度めは万博公園によって。

私の大切な場所だった万博公園の国際児童文学館は、後に橋下徹によって、財政難を理由に閉鎖され、いまでは廃墟のようになっている。

大学を出て行き場を失い、日雇いの建築労働をしているときに、一日だけ千里ニュータウンの団地のなかの道路を舗装する現場に行ったことがある。大学院に落ちて、金もなく所属もなく、実績も経験も未来も、ほんとうに何もかもなくなって、私は大阪のあちこちで地を這うようなその日暮らしをしていた。

その日ほんとうに久しぶりに、日雇いの仕事で、千里山の団地に行ったのだ。丘の上の小さな団地のなかにある、まわりから隠された秘密の小道に、手作業でひとつひとつ敷石を敷き詰めていった。十時になり、午前中の休憩時間に入り、手を休めてふとあたりを見ると、そこは小高い丘の上になっていて、千里の街を一望できた。その日も初夏の天気の良い日で、私はタバコをくわえて缶コーヒーを飲みながら、しみじみと、地位も収入も、未来も過去も何も持たないまま大阪でその日を働いて暮らしている喜びを感じた。

たまに、連れあいと千里のニュータウンや高級住宅地を散歩する。そこではいまも、計画的に整備された整然とした街に、ホワイトカラーの核家族が住んでいる。だが千里の丘の上では、高齢化や貧困化が進行し、団地は解体され、残る建物にも空き家が増え続けている。

私の人生にとって吹田は、そして千里ニュータウンは、「ほんとうのはじまり」の場所だ。私自身は結局、この地域に住むことはなかった。私が住処として選んだのは、吹田や千里山の閑静な住宅地ではなく、大阪市内の、もっとごちゃごちゃしたところだ。私はこの下町の路地裏で、今日もひっそりと暮らしていて、自分がついに死に場所を見つけたこと、つまり「居場所」を得たということを、日々実感しているのである。そして私はいまでも、吹田の街に、あの肯定的な空気に、片思いをしているのだ。

初出／図書室――「新潮」二〇一八年十二月号
給水塔――書き下ろし

岸 政彦　きし・まさひこ

1967年生まれ。社会学者。著書に『同化と他者化——戦後沖縄の本土就職者たち』『街の人生』『断片的なものの社会学』（紀伊國屋じんぶん大賞2016受賞）『ビニール傘』（第156回芥川賞候補、第30回三島賞候補）『はじめての沖縄』『マンゴーと手榴弾——生活史の理論』など。本書収録の「図書室」が第32回三島賞候補となった。

# 図書室

発行　2019年6月25日
2刷　2019年7月20日

著者　岸 政彦
発行者　佐藤隆信
発行所　株式会社新潮社
〒162-8711 東京都新宿区矢来町71
電話 編集部 03-3266-5411
読者係 03-3266-5111
https://www.shinchosha.co.jp

印刷所　株式会社精興社
製本所　加藤製本株式会社

乱丁・落丁本は、ご面倒ですが小社読者係宛お送り下さい。
送料小社負担にてお取替えいたします。
価格はカバーに表示してあります。

ISBN978-4-10-350722-2 C0093

**絶筆**　野坂昭如

死の前日まで『断腸亭日乗』を書き継いだ荷風のように、病に倒れて後のノサカもまた「日記」という作品に魂を傾注していった。急逝する、ほんの数時間前まで――。

**あなた**　大城立裕

あなたを見送るなかで、夫婦で過ごした時間の記憶は、また新たに繋がり始める――九十二歳の日常と沖縄の現状、生き抜いてきた歴史を書き留める六篇の最新作品集。

**焔**　星野智幸

真夏の炎天下の公園で、涙が止まらない人で溢れた世界で、人間が貨幣となった社会で。自分ではない何かになりたいと切望する人々が、自らの物語を語り始めたとき。

**ウィステリアと三人の女たち**　川上未映子

同窓会で、デパートで、女子寮で、廃墟となった館で、彼女たちは不確かな記憶と濛々たる死の匂いに苛まれて……。四人の女性に訪れる救済を描き出す傑作短篇集！

**公園へ行かないか？　火曜日に**　柴崎友香

世界各国から集まった作家たちと、英語で議論をし、小説を読み、街を歩き、大統領選挙を間近で体験した著者が、全身で感じた現在のアメリカを描く連作小説集。

**ビニール傘**　岸政彦

あてどなく孤独な日々を送る大阪の若者たち。巨大な喪失を抱えた男の痛切な心象風景。絶望と向き合い、それでも生きようとする人に静かに寄り添う、二つの物語。